천사를 만나는 비밀

천사를 만나는 비밀

초판 인쇄 · 2020년 12월 27일
초판 발행 · 2020년 12월 30일

지은이 · 김혜영
펴낸이 · 한봉숙
펴낸곳 · 푸른사상사

주간 · 맹문재 | 편집 · 지순이 | 교정 · 김수란
등록 · 1999년 7월 8일 제2-2876호
주소 · 경기도 파주시 회동길(서패동) 337-16
대표전화 · 031) 955-9111(2) | 팩시밀리 · 031) 955-9114
이메일 · prun21c@hanmail.net
홈페이지 · http://www.prun21c.com

ISBN 979-11-308-1756-9   03810
값 15,500원

ㅂㅅㅎㅈㄷ 부산문화재단 BUSAN CULTURAL FOUNDATION
이 책은 2020년 부산문화재단 지역문화예술특성화지원 사업으로
지원을 받았습니다.

푸른사상
산문선
36

김혜영 에세이

천사를 만나는 비밀

푸른사상
PRUNSASANG

우리는 이 지구에 왜 태어났을까? 일상에서 만나는 가족과 친구들은 나와 어떤 인연으로 이렇게 만난 것일까? 한번 옷깃을 스치려면 무수한 시간과 인연이 겹쳐야 한다는 이야기가 요즘은 공감이 간다. 아무리 그리워도 쉽게 만나지 못하는 경우가 있기 때문이다.

여기 수록된 여덟 분의 수도자들은 내가 살아오면서 가까이서 뵙거나 가끔 찾아뵈면서 스승처럼 모셨던 분들이다. 제자로서의 역할을 제대로 한 적은 거의 없지만 이분들의 영적 세계에 매료되고 많은 감화를 받았다. 수도자의 길을 선택한 그들의 삶에는 언제나 은은한 향기가 풍겨났다. 그들은 수호천사처럼 나와 우리 가족에게 사랑의 우산을 펼쳐주었다. 그러다 3년 전에 가르멜 봉쇄수도원에서 평생을 은둔자로 사신 이인숙 수녀님이 돌아가셨다. 5년 전에는 미국인 무심 스님이 계룡산 무상사 국제선원에서 백혈병으로 힘겹게 투병하시다 돌아가셨다. 이 책은 그 두 분께 바치는 나의 아가(雅歌)이다.

여덟 분의 수도자에게 끌리게 된 이유는 아마도 내 안에 숨어 있던 구도에 대한 열정 때문일 것이다. 감당할 수 없을 정도로 나를 휘감았던 그 감정은 어디에서 비롯된 것일까. 이 책에는 나와 오랜 세월에 걸쳐 교류했던 그분들의 삶과 추억이 담겨 있다. 나는 시인이라서 그런지 종교라는 형식에 얽매이기보다는 자유를 사랑하는 영혼이다. 나는 자신의 종교만 옳다고 고집하는 태도를 싫어하고 개방적인 태도를 지향한다. 가톨릭이건 불교이건 차별 없이 사람들을 만나왔고, 그들이 밝히는 고유한 빛을 발견하는 기쁨을 누렸다. 진리는 공기나 햇빛처럼 차별이 없기 때문이다.

이 책에서 천주교와 불교의 수도자들과의 만남을 소개한다. 우선 천주교에서는 가르멜 수녀원의 이인숙 말가리다 수녀님, 아름다운 시를 쓰시는 이해인 클라우디아 수녀님, 그리고 사회봉사를 해오신 임영식 수산나 수녀님의 삶을 조명한다. 한편 수녀원에서 환속했지만 내게 깊은 영향을 주었던 안나 수녀님의 이야기도 나온다. 불교에서는 숭산 큰스님, 미국인 무심 스님, 그리고 우담 스님과 나누었던 얘기들을 전한다. 마지막에는 불교와 현대미술을 전공한 희상 스님의 그림에 대한 비평을 수록한다.

보통 사람들처럼 여기에 수록된 수도자들 역시 여러 가지 장점을 지녔지만 약간의 단점도 있을 것이다. 어쩌면 그것이 인생의 묘미가 아닐까. 우리 모두는 미완성의 인생 수업에서 날마다 조금씩 행복해지는 연습을 한다. 이 책을 쓰기로 마음먹은 지 이십 년의 세월이 흐른 후 드디어 묶게 되었다.

이 산문집의 제목처럼 천사를 만나는 비밀을 독자와 공유하고 싶다. 우리 모두는 아름다운 천사의 사명을 띠고 이 지상으로 내려온 것이 아닐까. 때로는 사랑의 존재로 때로는 분노의 화신으로 서로의 영적 성장을 돕고 있는지도 모른다. 하늘은 너무 자비로워 가만히 바라만 보는지도 모른다. 지독한 고통 속에서 때로는 황홀한 기쁨을 누리며 우리는 서로에게 빛을 나누는 존재이다.

2020년 12월

김혜영

제2부 구도를 위한 길

상처로 얼룩진 지상에서 겸허하게 피운 들꽃 덕분에
세상은 천국의 뜰이 된다.

제1부

세상은 천국의 뜰

천국의 향기가 번지는 면회실, 이인숙 수녀

맨발의 가르멜 수녀원

하얀 눈이 내리는 가르멜 봉쇄수도원에서 기도하는 맨발의 수녀를 동경했다. 세상과 단절하고 오로지 기도 속에 묻혀 사는 그 삶이 왜 그리 매혹적이었을까. 가르멜 수녀원에 사는 이인숙 수녀님과 인연을 맺게 된 것은 『성녀 소화 데레사 자서전』을 읽고 깊은 감명을 받았기 때문이다. 성녀 소화 데레사는 프랑스 리지외에 있는 가르멜 수녀원에 어린 나이에 입회하여 수도 생활을 하다가 폐병이 들어 일찍 돌아가신 성녀이다. 자서전은 성녀가 죽기 얼마 전에 원장님의 권고로 쓰게 되었는데, 사후에 출간되어 전 세계로 번역되었다.

순수한 백합을 연상시키는 깨끗한 소화 데레사의 글을 읽으면서 사람들은 하느님에 대한 순수한 열정을 갖게 된다. 문학적인 세련미나 기교가 두드러지기보다는 가난한 한 영혼이 빚어내는 향기가 매혹적이다. 난 소화 데레사의 자서전을 읽고 맨발의 가르멜 정신에 깊이 빠져들었다. 세상과 완전히 단절된 상태에서 하느님과의 일치를 지향하는 그들의 기도는 가톨릭 교회 안에서 산소 같은 역할을 한다. 세상으로부터 고립되어 있으면서도 사람들과 깊은 일치를 이루는 것이 가르멜 수도원의 신비이다.

부산 온천동의 온천 입구에서 조금 올라가면 산언덕에 가르멜 여자 수도원이 있다. 정원에 잔디밭이 가꾸어져 있고 아기 예수를 안은 성모상이 반긴다. 봄날에는 벚꽃이 화사하게 피어나고 여름에는 마거리트, 능소화, 백합이 피어난다. 수도원 입구로 가는 십자가의 길에는 바위에 새겨진 조각들이 아름답다.

살다가 괴로운 일이나 힘든 일이 생기면 가르멜 수녀원을 찾아 이인숙 수녀님께 나의 고민을 털어놓았다. 수녀님들은 언제나 쇠로 된 철창 안에 계신다. 그래서 늘 현관문을 열어주시는 분은 신자인 데레사 자매다. 수녀님이 아닌데도 차분한 그녀의 모습에서 평화가 느껴진다. 고요한 수도원이라 그런지 진돗개 두 마리도 명상을 하는 듯하다.

스무 명 정도의 수녀들이 공동생활을 하는 곳이지만 난 안쪽으로 들어가본 적이 없다. 언제나 허락이 된 면회실에서만 수녀님을 만날 수 있다. 부모님을 따라온 어느 아이가 수녀님을 만나러 왔다가 철창이 쳐진 것을 보고 엄마에게 이렇게 말했다.

작은 아들 류태경과
이인숙 수녀

"엄마,
    저기 안에 있는 수녀님들은 성격이 고약해
    가두어놓았나 봐요."

그 말을 듣고 수녀님과 모두 한참을 웃었다. 수녀원 안에 들어
서면 마음이 맑고 가벼워진다. 봉쇄수도원이라 한가할 것 같은데
수녀님들은 여러 가지 일을 하시고 강의도 들으며 분주한 일상을
보내신다. 그러나 이 수녀원에서는 기도가 모든 것의 중심이며, 모
든 삶이 기도와 연결되어 있다. 어느 봄날 수녀들이 뒷산으로 소풍
을 다녀왔다고 자랑을 하셨다.

> "우리 식구들 오늘 뒷산에
>
> 도시락 싸서 올라가 밥을 먹었어요."

라는 말씀을 아주 즐겁게 하신다. 한 번 들어가면 좀처럼 밖으로 나오지 못하기 때문에 단조로운 삶을 기쁨으로 승화시킬 수 있어야 한다. 한정된 공간 안에서 매일 보는 사람들을 일 년 내도록 보고 평생토록 같이 산다는 것이 쉬운 일이 아니다. 때로는 마음이 상할 수도 있지만 한 공동체 안에서 사는 삶이라 그것을 잘 승화시켜야 살아갈 수 있다. 그래서 몇몇 지원자들이 입회를 원해서 오지만 그 단조로움을 견디지 못해 나가는 경우도 종종 있다.

가르멜 수녀들이 늘 갇힌 생활을 하시니 재미있는 에피소드도 많다. 그들도 대한민국의 국민인지라 선거를 하는 날에는 특별히 외출을 한다. 그런 날이 오면 원장 수녀님은 오랜만에 나가는 수녀님들에 대한 걱정이 이만저만이 아니다. 선거가 있는 날에 길을 모를까 봐 염려스러워 수녀님들에게 차비를 조금 주었다. 수도원 안에서만 살다가 갑자기 도시로 나간 수녀들은 마음이 설레었다. 그러다 종종 실수를 하기도 한다.

차비를 지불하고 남은 돈으로 그녀들은 오랜만에 가게에 들어가 평소에 먹지 못한 과자를 샀다. 그런데 주인에게 돈을 주는 것을 잊어버리고 그냥 나왔다. 천진난만한 아이들처럼 과자를 얻은 것이 기뻐 다른 생각이 나지 않았다. 오랫동안 돈을 사용하지 않기 때문에 그런 일이 더러 생긴다고 한다. 그래서 나중에 주인의 요구에 돈을 챙겨주고는 다시 잔돈을 받는 것을 또 잊어먹었다. 그냥 가게를 쑥 나온 경우가 더러 있었다.

현대에는 자본을 중심으로 여기는 가치가 팽배한데 가르멜 수녀들은 완전히 다른 세계에 살고 있다. 그들은 갇힌 공간에 사는 것에도 불구하고 일반인의 삶에 대한 통찰력이 뛰어나다. 마치 훤히 모든 것을 아는 것 같아 놀랄 때가 많다.

가난하고 고독한 수도자의 모습을 보고 싶으면 가르멜 수녀원을 방문해보라. 고독의 의미가 무엇인지를 새삼 느끼게 된다. 자기만을 위한 고독은 무의미하다. 사랑을 위한 고독, 진리를 찾기 위한 고독이 얼마나 귀한 보물인지를 알 수 있다.

여성도 직업을 갖는 게 좋지요

나는 한때 가르멜 수도원에 사는 조그만 조약돌이 되고 싶었다. 그 삶이 너무 숭고해 보였다. 그래서 이십 대 중반에 성면(聖面)의 데레사 수녀님을 우연히 만나 물어보았다. 내게 성소가 있는지 없는지 궁금했다. 수녀님은 가르멜의 수도 생활이 절대로 쉬운 삶이 아니니 우선 몸이 건강해야 하고, 가족의 동의가 있어야 된다고 하셨다. 그러면서 나에게 수도원에 들어오는 것을 권유하지 않으셨다.

"자매님은 결혼을 해서 가정을 꾸리는 것이
  하느님의 뜻인 것 같네요."

그때 나는 하느님의 뜻이라는 말을 듣고 어찌 해볼 도리가 없었다. 가르멜 수도 생활을 해보고 싶었지만 나 스스로 단호하게 밀고 나갈 용기가 없었다. 아마 지금의 정신력으로 그런 말을 들었다면 나의 의지를 굽히지 않았을 것이다. 하느님의 뜻도 중요하지만 나의 의지도 그에 못지않게 중요하기 때문이다. 하지만 그 당시에는 수도자가 되는 것을 바라지 않았던 부모님의 말씀을 따르는 것을 선택했다.

그때는 어려서 그런지 하느님의 뜻이라면 무조건 순종해야 하는 줄 알았다. 지금은 하느님의 뜻이라 할지라도 그것이 합당한 것인지 맹목적인 것인지 비판적 안목으로 분별을 한다. 어리고 철이 없는 마음이라 그냥 그분의 말을 순진하게 믿었다. 내게는 수도 성소가 없는 줄 알고 부모님의 뜻을 따라 결혼을 했다. 그런데 마음속에는 미련 같은 게 늘 남아 있었다. 그래서 일이 생길 때마다 가르멜 수도원을 찾아갔다. 무엇이 올바른 선택인지 무엇이 바른 길인지 헷갈릴 때마다 조언을 구했다.

부모님의 뜻에 따라 대학원 2학년을 다닐 때 결혼을 했다. 학업과 결혼을 병행하는 상황에서 여러 가지 제약이 많았다. 학교 수업을 마치면 곧바로 집으로 돌아와 저녁 준비와 집안 청소를 해야 했다. 그러다 보니 대학원 동료들과 어울릴 수 있는 시간이 거의 없었다. 일찍 결혼한 것에는 장점도 있지만 나의 연구와 직업 경력을 쌓는 데는 오히려 단점으로 작용하는 측면이 있었다. 늘 나 자신보다 남편을 우선시해야 하고 친정보다는 시댁을 먼저 생각해야만 했다.

지금 생각해보면 참 어리석었다. 왜 그렇게 살았을까? 그 순간에는 최선의 선택을 한 것이라 여겼는데 세월이 지나면 후회가 되는 일이 있다. 그렇게 시간을 쪼개어 가사일과 공부를 병행해서 석사 학위를 받았지만 정작 아무 데도 갈 곳이 없었다. 친구나 후배들은 다들 시간강사 자리를 구하거나 유학 갈 준비를 했지만 나는 학위만 덜렁 받았을 뿐 아무런 연락이 오지 않았다. 그때 주위의 사람들이

"혜영 씨는 결혼을 했으니 굳이 직장을 구할 필요가 없잖아요."

이런 말을 했다. 왜 그들은 그런 말을 했을까? 지금도 무심코 이런 투의 말을 건네는 분들이 더러 있다.

"남편이 있고 자식도 있는데 굳이 직장을 가지려 애쓸 필요가 있어요?"

난 이런 말을 들을 때 남모르게 상처를 받는다. 타인이 보는 관점과는 다르게 내가 원하는 삶이 분명히 있기 때문이다. 그럴 때

가르멜 수녀원 성모자상 앞에 선 이인숙 수녀

반박하지는 않지만 마음속으로 서운했다.

"언젠가 당신도 나 같은 입장이 될 때가 있을 것입니다."

왜 남편이 있는 여자는 적극적으로 직장을 가지면 안 되는가? 내게 이런 말을 무심코 하는 사람들이 오히려 더 자신의 사회적 지위나 직업에 집착하는 경우가 많았다. 1990년대의 시대 상황이어서, 능력이 뛰어난 친구들이 대학원을 다니다 육아 때문에 학문을 그만두는 경우가 있었다. 누구에게나 꿈이 있다. 그 꿈을 이루고픈 소망을 자신의 관점으로 함부로 판단하거나 재단하는 것은 위험하다. 기독교에 깊이 심취한 어느 교수님은 틈만 나면 여학생들에게 성서를 인용해가면서

"여자의 직분은 남자의 조력자가 되는 것이다.
하느님이 성경에 그렇게 써놓았다."

라는 말을 수업 시간에 대놓고 말하기도 했다. 그분이 다음 생에는 여자로 태어나 여자의 마음을 이해할 수 있는 기회를 가지게 될지 모를 일이다. 그 당시 대학원 졸업을 앞두고 심리적으로 힘들고 괴로웠다. 내가 하고 싶은 일을 포기하고 집 안에 들어앉을 것을 생각하니 앞이 캄캄했다. 가스레인지에 불을 켜고 깨소금을 볶던 그때가 생각난다. 뜨거운 열기가 얼굴로 확 올라왔다. 갑갑하고 암담

한 기분이 밀려들어 우울했다. 그래서 무작정 가르멜 수녀원을 찾아갔다. 그때 내 머릿속에는 가수 박인희가 쓴 책에서 사진으로 본

'이해인 수녀님의 언니를 만나야겠다.'

라는 생각뿐이었다. 그때 처음으로 이인숙 말가리다 수녀님을 만났다. 아주 단아하게 생긴 분이셨다. 고요한 깊이가 내게 신뢰감을 주었다. 나는 답답한 마음을 털어놓았다.

"수녀님, 앞으로 무엇을 해야 할지 모르겠어요."
"여성도 가정에만 있지 말고 사회적인 일을 하는 게 좋습니다.
 주위 사람들의 조언이 도움이 되지만
 객관적인 시선으로 자신의 내면을 들여다보는 것이 좋습니다.
 내면에서 진정으로 갈망하는 것을 하는 것이 좋지요."

그때 난 깜짝 놀랐다. 수녀님도 다른 사람들과 비슷한 말을 할 것이라 생각했는데 의외의 대답이 나왔다.

"자신이 하고 싶은 일을 계속하십시오.
 기도해드릴게요."

그 순간 나는 큰 용기를 얻었다. 수녀님의 말씀을 듣고 전혀 뜻

밖의 결론을 내고 학문을 지속하기로 결심했다. 희망을 안고 집으로 돌아왔다. 며칠이 지난 후, J 선배님이 대학의 시간강사 자리를 소개해주셨다. 그 선배님의 배려가 정말 고마웠다. 그것이 끈이 되어 박사 과정에 들어가 박사 학위를 받을 수 있었다. 아마 그때 내가 주저앉았다면 문학의 길을 갈 수 없었을지도 모른다.

천국의 향기

가끔 이인숙 수녀님을 만나면 천국의 뜰을 걷는 사람들이 떠오른다. 언젠가 불교 신자인 큰언니와 가르멜 수녀원을 방문했을 때, 언니가 어디선가 꽃향기가 풍긴다고 했다. 그땐 겨울이었다. 나는 별다른 생각이 없었지만 언니는 향기가 예사롭지 않다고 말했다. 수녀님이 풍기는 그 고요한 신비는 세상 사람들에게서는 찾을 수 없다.

지난봄 이인숙 수녀님의 발톱에 문제가 생겨 수술을 하려고 병원으로 모시고 갔다. 수녀님은 뒷좌석에 앉아 계셨는데 고요가 자동차 안에 번지는 느낌이었다. 참 신기했다. 마음이 혼란스러울 때 수녀님과 대화를 나누다 보면 마음이 차분히 가라앉는다.

달마 대사가 소림사에서 수도하고 있을 때, 혜가가 찾아와 제자 되기를 청했던 유명한 일화가 있다. 달마 대사가 여러 번 거절했는데, 혜가가 자신의 팔뚝을 잘라 바치자 법을 전해주었다. 그때 혜가가 말했다.

"제 마음이 편안하지 않습니다."
"마음이 있으면 내놓아보아라."

달마 대사의 응답에 혜가 스님이 그 즉시 깨달았다. 마음이 어디에 있는지 모르지만, 스승과 제자의 마음이 맞닿는 순간에 대한 이야기를 읽을 때마다 감동을 받는다. 이인숙 수녀님을 만날 때 그렇게 많은 대화가 필요하지 않다. 가끔 수녀원을 방문하면 수녀님과 그저 소박한 얘기를 나눌 따름이다.

"아이는 잘 크지요?"
"남편 일도 잘 되고 있지요?"

수녀님과의 대화는 언제나 단순하고 소박하다. 특별한 얘기가 별로 없다. 그럼에도 마음이 고요해지고 잔잔한 평화가 가득하다. 천국의 향기 역시 이런 것이 아닐까. 서로를 바라보는 순수한 눈빛과 서로의 아픔에 공감하면서 가만히 들어주는 태도가 빛난다. 잘못한 일에 대해 비판하기보다는 있는 그대로 바라보는 것, 집착하지 않는 그 마음에서 향기가 풍겨난다.

이인숙 수녀님의 단순함에는 신비스러운 힘이 있다. 몇 년 전계간 문예지 『시와 사상』에 관여하면서 상처를 받은 적이 있었다.

의견이 다르거나 사적인 욕망이 개입되면 어느 집단에서나 힘든 일이 생기기 마련이다. 그때 난 상당히 괴로웠다. 갑자기 소외된 느낌이 들고 마음속으로 배신감이 들었다. 혼자 가슴앓이를 하면서 어떻게 문제를 해결해야 할지 몰랐다. 지금 생각해보면 사소한 일이지만, 그 당시에는 자존심이 상하고 기분이 나빠 당장 그 일을 그만두고 싶었다. 그때 전화벨이 울렸다.

"여보세요? 데레사 있어요?"

이인숙 수녀님의 목소리였다. 언제나 조용하면서 느릿한 그녀의 말투는 안정감을 준다. 난 너무 반가워 울고 싶었다. 그런데 수녀님은 마치 내 마음을 알고 계시는 듯이 물었다.

"요즘 데레사에게 힘든 일이 있나요?"
"네?
수녀님이 어떻게 아셨어요?"
"기도 중에 데레사 생각이 나고 걱정되어 전화했어요."

난 깜짝 놀랐고 한편으로 다행스러웠다. 마치 하느님이 나를 버리시지 않는 것 같았다. 고통 속에 있는 나를 보이지 않는 어떤 존재가 지켜보는 것 같았다. 언제든지 도움의 손길을 내밀려고 준비하고 계신 것이었다. 이 세상에 덩그러니 나만 혼자라는 생각에 괴로워할 때, 이인숙 수녀님의 전화는 큰 위로가 되었다. 수녀님의 맑고 단순한 기도 속에서 나와 가족이 평화를 누리고 있음을 새삼 느꼈다.

또 한 번은 이른 아침에 수녀님으로부터 전화가 왔다. 가르멜 수녀원은 봉쇄수도원이라 전화를 안 받을 때가 많다. 기도 중이거나 피정 중일 때는 전화가 되지 않는다. 그래서 나는 거의 전화를 걸지 않는 편이다. 그래서 수녀님께서 특별한 일이 있으면 전화를 거신다. 그날은 별다른 일이 없었기에 나는 기쁘게 전화를 받았다.

"아이고, 잘 지내나요?

애기 아빠 오늘 차 가지고 나갔어요? 차는 괜찮아요?"

"네. 오늘 출근할 때 가져갔어요.

아무 이상이 없는 것 같던데요."

"아, 그럼 됐어요."

간단한 대화를 나누고 난 뒤 전화를 끊었다. 그날이 토요일이라 밀린 집안일을 하느라 분주하게 보냈다. 수녀님의 전화에 대해 별다른 생각이 없었다. 그런데 특별한 일이 없으면 일찍 퇴근하는 남편이 오지 않아 이상했다. 전화 연락도 없었다. 난 혹시나 해서 서서히 불안해지기 시작했다.

'테니스 월례회가 있는 날도 아닌데 이 사람이 왜 이렇게 늦나?'

이런저런 걱정이 밀려왔다. 해가 져도 오지 않고 전화도 되지 않아 마음이 불편했다. 저녁 아홉 시경에 남편의 전화를 받았다. 그는 병원에 있다고 했다.

"사고 났어요?"
"응 그래, 그런데 크게 다치지는 않았어."

난 가슴이 철렁 내려앉았다.

"어디 다쳤어요?"
"내가 다친 게 아니라
 옆에 계신 분이 찰과상을 조금 입었어.
 그래도 혹시나 해서 같이 병원에 온 거야."
"어쩌다 사고가 났어요?"
"우리가 차를 주차하고 지나가는데
 갑자기 경사지에 주차해둔 차가 미끄러져 내려왔어.
 옆 사람 다리에 조금 부딪혔지. 걱정 마."

그 순간, 난 수녀님의 기도 덕분이라고 여겨졌다. 큰 사고가 날 것을 수녀님의 기도가 우산처럼 막아준 것 같아 감사했다. 밤늦게 귀가한 남편에게 수녀님의 전화 얘기를 했더니 남편도 놀라면서

"무엇인가 나를 보호해준 것 같았어."

라는 말을 했다. 누군가를 위한 순수한 기도는 때로 기적을 불러일으킨다. 아침에 일어나 눈을 뜨는 것, 사랑하는 당신의 전화를 받는 것, 맑은 물을 마시는 것, 이 모든 것은 기적이다. 무심코 스치는 것들이지만 그 속에 참된 사랑이 깃들어 있기에 매일 매일 우리는 아름다운 기적을 불러온다.

하느님과의 일치

가르멜 수녀원의 영성은 기도하는 것을 가장 중요하게 여긴다. 삶 자체가 기도여야 한다. 기도를 하는 목적은 하느님과 가까워지고 궁극적으로 하느님과 완전히 일치를 이루는 것이다. 하느님은 어디에 존재하는가? 하느님은 누구인가? 하느님과의 일치는 과연 무엇을 의미하는가? 이와 같은 질문은 아주 근원적인 질문이다.

"하느님은 누구인가?"

라는 질문에 예수님이라 대답하기도 하지만 가장 보편적인 대답은 '사랑'이다. 하느님이 사랑이라고 가정한다면 하느님과의 일치 역시 '사랑 그 자체'가 되는 것이다. 그럼 어떻게 하면 하느님과의 일치에 도달할 수 있을까? 나는 수녀님께 여쭈어보았다.

"수녀님, 하느님과의 일치는 어떻게 도달할 수 있나요?"
"하느님과의 일치를 추구함에 있어
 가장 방해되는 요소는 나 자신입니다.
 나 자신으로부터 떠나야 합니다.
 그것은 아주 어려운 일입니다.
 이기심, 집착, 자기중심적인 태도를 버리는 노력이지요.
 자신으로부터 자유로워야 하느님과 가까워집니다."

자신으로부터 벗어난다는 말을 언뜻 이해하기 어려웠다. 그러나 하느님이 관념적인 존재가 아니라 일상 안에서 현존하는 존재로 가깝게 느껴졌다.

"그러면 하느님과의 일치는 어떤 경지입니까?"
"일치는 인간의 내면에서부터 가까워지는 것을 의미합니다.
 사실 죽을 때까지 어려운 일입니다.
 제 생각에 인간의 힘만으로는 어렵습니다."

"하느님의 특별한 도움이 있어야 가능할까요?"
"하느님의 이끄심이 있어야 된다고 봅니다.
 하느님과의 일치가 완전히 이루어질 수는 없지만,

예를 들면 걱정거리나 건강, 가족 등을 하느님께 맡기게 되고 그런 것에 구애받지 않고 마음이 편안해지는 상태입니다. 아주 평화롭게 됩니다."

"수녀님은 늘 마음이 편안하신가요?"
"아닙니다.

때로는 마음이 아프고 걱정이 되지만

제 마음의 밑바닥이 고요하면

큰 동요가 안 생기게 됩니다.

수녀님은 잠시 생각에 잠기시더니

"물론 저도 다른 사람들처럼 마음의 동요가 있습니다.

그러면 다시 기도하면서

용기와 힘을 얻는 편입니다."

이인숙 수녀님을 대하면 늘 느끼게 되는 것이 수녀님의 한결같은 면모이다. 변덕을 부리거나 계산적인 마음을 내는 경우를 거의 보지 못했다. 마음이 안정된 상태를 측정한다면 그 안정도의 수치가 아주 높을 것이다. 언제나 고요한 호수처럼 마음이 평화로우신 편이다. 평화로운 마음의 이로운 점에 대해 이런 말씀도 덧붙이셨다.

"마음이 안정된 사람이 수도 생활을 하기에 더 좋습니다.
특히 가르멜의 생활은 단조롭고 닫혀 있기 때문에
감정 기복이 심한 경우에는
적응하는 데 많은 어려움이 따릅니다."

"수녀님도 우울한 때가 있나요?"

수녀님의 얼굴에 잔잔한 미소가 번졌다.

"물론 나도 우울할 때가 있어요.
기분이 나쁘거나 슬플 때도 있습니다.
특히 건강이 안 좋을 때는 걱정이 되지요.
그럴 때는 신앙을 돌이켜서
하느님을 바라보려 노력합니다."

이인숙 수녀님은 부끄러움을 많이 타시는 편이다. 어릴 때 바람
이 많이 부는 날 바깥에서 놀다가 집으로 돌아올 때, 머리가 바람
에 날아갈까 봐 무서웠다고 했다. 그래서 머리를 두 손으로 꼭 잡
고 돌아오곤 하셨다고 한다. 수줍음을 많이 타는 성격이라 봉쇄수
녀원이 당신의 적성에 맞는 것 같다는 말씀을 하시곤 했다. 나는
조심스럽게 수녀님께 하느님과의 합일의 체험이나 경험에 대해 여
쭈었다.

이해인 클라우디아 수녀(왼쪽)와
이인숙 말가리다 수녀

"수녀님도 하느님과의 합일을 체험한 적이 있습니까?"

"저희들은 일 년에 한 번씩 열흘 정도의 개인 피정을 합니다.

이 가운데 더욱더 혼자가 되고 기도에 집중합니다.

그럴 경우 내면에서 영적인 힘을 느낍니다.

감사와 행복으로 충만해지는 느낌을 갖게 됩니다.

수도 생활에 대한 감사가 아주 깊어지게 되지요."

"환시나 특별한 체험도 있으신가요?"

"기도의 체험에는 여러 가지가 있을 수 있지요.

그러나 그런 것들은 아주 조심스럽게 다루어야 합니다.

중세에는 성녀들의 기적이 주목받았지만

현대에는 기적보다는

생활 안에서 이루어지는 성화(聖化)에 더 큰 비중을 둡니다."

"구체적인 생활 안에서 이루어지는 변화를 말합니까?"

"그렇지요.

하느님과의 일치가 깊어질수록 생활이 달라져야 합니다.

겸손하고 사랑을 많이 베풀어야 되지요.

사랑을 베풀지 않고 교만하고 거칠어질 경우에는

하느님을 체험했다는 것이 의심스럽습니다."

수녀님의 단순명료한 가르침에 나는 머리가 맑아졌다. 주변에서 오랫동안 기도나 참선을 한 사람을 더러 만났는데 실망하는 일도 있었다. 뭔가 지혜는 남다른데 자비심이나 사랑이 부족해 타인의 마음에 상처를 주는 일을 본 적이 있다.

"하느님과의 일치가 깊으면 깊을수록
　현실의 삶에 더 충실하게 됩니다.
　매순간 해야 할 일에 집중할 수 있지요.
　빨래를 하면 빨래를 깨끗이 하고
　청소를 하면 청소를 열심히 하고
　한 사람을 만나면 그분과 온전하게 100%로 만나는 것입니다."

어느 종교를 불문하고 많이 깨달으신 분들의 공통점은 '지금 이 순간'을 가장 중요시하고 최선을 다하는 삶을 강조하는 것이다. 기도 중의 이상한 체험이나 신비에 대해 연연해하지 않고 일상을 충실하게 사는 것이 하느님과의 일치를 이루는 길이다.

"죽어서 가는 천국보다
　현실 안의 천국이 더 중요하다는 말씀이지요?"
"그래요.
　하느님이 계신 곳이 천국이라면,
　나는 이미 하느님과 함께 살고 있기에
　지금이 바로 천국입니다.
　우린 이미 천국에 살고 있고 영원 속에 사는 것이지요."

리지외의 성녀 소화 데레사

소화 데레사 성녀도 사랑 안에서 자신의 천국을 건설한다고 말했다. 지금 이 순간을 사랑하고 기쁨을 누리는 것이 하느님을 기쁘게 하는 일이다. 이인숙 수녀님 역시 가르멜 수도원의 정신을 평범한 일상 안에서 실천하고 있었다.

두 개의 시계가 울리는 새벽

가르멜 수녀원에는 새벽마다 깨워주는 천사가 있다. 수녀들이 돌아가면서 먼저 일어나 다른 수녀들에게 아침을 왔음을 알려준다. 이인숙 수녀님은 자신의 차례가 되면, 혹시나 알람을 끄고 다시 잠들까 봐 언제나 두 개의 시계를 준비하신다. 하느님과의 일치를 일상의 작은 일에서 찾듯 수녀님은 자신이 맡은 일에 최선을 다하신다. 그녀는 주방 일을 할 때도 맛있는 반찬을 만들려고 여러 번 간을 본다. 특히 수녀님은 나물 반찬을 잘 만드신다. 나는 요리를 하는 것이 즐거울 때도 있지만, 때로는 요리를 안 하는 세상에서 살아봤으면 하는 상상을 한다. 수녀님은 하기 싫은 일이든 즐거운 일이든 별로 가리는 법이 없다. 작은 일에도 정성을 다하는 단순함이 몸에 배신 것 같다.

무전기처럼 생긴 전화기를 가지고 성체 주문을 받느라 바쁜 모습을 본 적이 여러 번 있다. 미사 때 사용할 성체와 성수를 가르멜 수녀원에서 제작해 부산교구의 여러 성당에 공급한다. 우리가 주일마다 모시는 성체는 수녀님들의 기도 속에서 태어난 생명의 빵이다. 아마 수녀님께서 그 일을 맡으신 모양이다. 열심히 기록하고 전화하는 모습이 눈에 선하다.

수녀님의 취미는 꽃을 곱게 말려 카드를 만들어 사람들에게 나누어주는 것이다. 수녀원 뜰에 핀 꽃과 풀을 뜯어 정성스레 말려 하얀 도화지에 올려놓고, 비닐을 붙여 만든 카드는 아름답다. 성탄절이나 부활절에는 그 카드에 사연을 담아 보내주신다. 가끔 수녀원을 방문하면 수녀님은 작약, 치자꽃, 매화 등의 꽃을 꺾어 신문지에 싸서 주신다. 밭에서 기른 오이, 당근, 매실 등을 알뜰하게 챙겨주시는 모습이 참 정겹다. 늘 무언가를 주고 싶어 하시는 수녀님은 정성스레 포장한 선물을 우체국에 부쳐달라는 심부름을 종종 부탁하신다. 담백한 물빛처럼 살아가시는 수녀님의 맑은 모습에서 하얀 천사가 떠오른다. 거창한 일을 하지 않아도 존재 그 자체로 평화가 되어주는 사람이 이인숙 수녀님이다.

감사 기도는 행복의 원천

이인숙 수녀님은 내게 가르멜의 영성을 행동으로 보여주시는 분이다. 시인으로 유명한 이해인 수녀의 언니이다. 두 분 모두 아름답고 삶에서 향기가 난다. 자매지간이라 그런지 닮은 점이 있지만 차이가 나는 측면도 있다. 나는 가끔 두 분의 심부름을 하느라 시계추처럼 왔다 갔다 두 수녀원을 방문한다. 수녀님의 어머니가 태몽을 꾸었을 때, 이인숙 수녀는 하얀 옷은 입은 선녀 꿈을 꾸었고, 이해인 수녀는 화려한 옷을 입은 선녀 꿈을 꾸었다고 한다. 그 태몽처럼 두 분이 살아가시는 모습이 차이가 난다. 이인숙 언니 수녀는 봉쇄수녀원에 계셔서 그런지 맑고 담백한 이미지가 강하고 이해인 수녀에게는 활기와 따스한 에너지가 느껴진다.

두 분이 만나 어릴 때 이야기를 나누며 웃는 모습이 정겨워 보인다. 이인숙 수녀는 장녀로서 동생들을 돌봐야 할 어려운 여건 속에서 수도자의 길을 선택하였다. 6·25전쟁 때 아버지가 행방불명되어 어머니께서 깊은 신앙심으로 그 험난한 길을 헤쳐 나오셨다. 어린 동생들을 두고 수녀원으로 훌쩍 떠난 언니를 그리워하면서 원망한 적도 있다고 이해인 수녀님이 말씀하셨다. 투정을 부리는 듯한 이해인 수녀님의 말씀에 담담하게 웃으셨다. 이인숙 수녀님이 가르멜에 들어올 때 나이가 스물세 살이었고, 막내 동생은 겨우 일곱 살이었다.

'그때 어떤 용기로 그런 결단을 내렸을까?'

수녀님은 가끔 스스로에게 이런 질문을 하신다고 한다. 수도원을 들어오게 되는 동기에는 저마다 약간의 차이가 있다.

"수녀님은 왜 가르멜 수녀원에 입회하셨어요?"
"제가 수녀원에 들어올 무렵에
한국에 수녀원이 몇 군데밖에 없었어요.
요즘처럼 다양하지 않았지요."

"무슨 특별한 동기가 있었나요?"
"하느님의 이끄심이 있었던 것 같습니다.
인간적인 생각으로는 도저히 떠나올 수 없는 형편이었지요.
전쟁이 끝난 직후라 모든 것이 어려운 상태였어요.
사랑하는 남녀가 결혼할 때는 서로가 강렬하게 열망하듯이
내면에서 거부할 수 없는 열망이 있었어요.
그것이 있기에 그 어떤 장애도 문제가 되지 않았습니다."

수녀님은 수녀원에 들어와서도 수도 생활에 대해 회의하거나 후회를 해본 적이 없었다. 큰딸이 수녀원에 간다 했을 때, 어머니도 신앙심이 깊어 딸의 결심을 말리지 않았다.

"봉쇄수녀원이라 생활이 너무 단조롭지 않았습니까?
 가족이 보고 싶고,
 바깥세상이 그리울 때도 있었을 텐데요."
"저는 오히려 집으로 돌아가라 할까 봐 걱정했어요.
 1955년 6월 7일에 입회했는데
 1958년에 신장 수술을 했어요.
 신장 결핵에 걸려 신장 하나를 잘라냈어요.
 그래서 성소에 대해 항상 감사하면서 살았어요."

이처럼 수녀님은 건강한 몸이 아니지만 수녀원 생활을 무난히 50년 가까이 해온 것이다. 그 가운데 늘 감사의 기도를 드리며 후회 없이 살아오셨다.

"가장 기뻤던 일은 무엇입니까?"
"음, 많은 일이 있었지만
 종신서원을 할 때 가장 기뻤던 것 같습니다.
 사실 몸이 아파서 그만두게 될까 봐
 걱정을 많이 했습니다."

"수녀님이 행복한 수도 생활을 하는 비결은 무엇인가요?"

"그것은 감사의 기도입니다.

 제가 드리는 감사 기도는

 입으로 하는 기도가 아닌 마음에서 우러나오는 것입니다."

"감사 기도가 수녀님의 비법이었군요."

"수녀들마다 은총이 다른 것 같습니다.

 어떤 분은 기쁨이라 말하던데

 저는 감사입니다."

수녀님의 말씀을 들으며 나 자신을 돌이켜보니 감사의 기도를 많이 드리지 않았다. 내가 가지지 못한 것을 욕망하면서 하느님께 기도를 드리곤 했다. 그러다 보니 삶에서 불만이 많았던 것 같다. 일상의 작은 일에서부터 감사 기도를 드리는 습관을 들여야겠다. 좋은 수녀님을 만난 것도 축복이고 이렇게 글을 쓰는 것도 소중하다. 가만히 감사의 기도를 드리니 마음에 은은한 기쁨이 번진다.

수녀님의 평화와 고요의 비결은 감사 기도에 있었다. 생애 말기에 투병을 하시면서도 언제나 감사의 기도를 올리는 수녀님의 맑은 눈과 얼굴이 떠오른다. 보이지 않는 골방에서 향기로운 기도를 올리는 이인숙 수녀님이 계시기에 이 세상은 고요한 평화에 젖어든다.

고요한 죽음

부산 온천동에서 밀양으로 옮긴 가르멜 수녀원에서 숨은 꽃처럼 사시던 이인숙 수녀님은 2017년 11월 18일 새벽에 돌아가셨다. 1932년 10월 10일 태어나셨고, 가르멜 수녀원에 들어와 수행하다가 종신서원은 1961년 10월 3일에 하셨다. 힘들거나 위로가 필요할 때 수녀님을 찾아뵈었는데 이제는 어디로 가야 하나? 가슴이 먹먹했다. 맑은 호수 같았던 수녀님은 나의 어머니와 연세가 같다. 가르멜 수도원의 수사나 수녀들은 갈색 수도복을 입는다. 어느 가을날에 수녀님께 갈색 니트 가디건을 사다 드린 적이 있다.

수녀님의 장례 미사에 무거운 마음으로 참석했다. 다른 가르멜 수녀님들은 철창이 있는 저편에서 미사를 드리고 우리는 일반인을 위해 마련한 자리에서 미사를 드렸다. 수녀님의 가족들은 미사 시간에 눈물을 보이기도 했다. 성당 안에 모셔진 수녀님의 영정 사진은 고요했다. 평소 수녀님과 친분이 있는 신부님께서 미사를 집전했는데 수녀님은 그분을 위해 기도를 많이 해주셨던 것 같다. 그 신부님이 개인적으로 힘든 일이 있었는데 그녀의 기도 덕분에 잘 해결되었다며, 수녀님의 은총을 받았다는 말씀을 하셨다.

오래전 수녀님이 위암에 걸려 병원에 입원했을 때, 아들 성진이와 병문안을 갔다. 초등학교를 다니던 큰아이 성진이가 병실에서 큰 소리로 노래를 불러드린 기억이 난다. 그 당시 마리안느 수녀님이 간호를 하셨다. 수녀님은 내면으로 걱정이 많았을 것인데 겉으로 보기에는 평온해 보였다. 젊은 날에도 몸이 아팠기 때문인지 몸 아픈 것에 대해 어느 정도 초연한 것처럼 보였다. 그때 수녀님을 모시고 미포 바닷가를 구경시켜드리러 갔다. 미포 바닷가로 내려가는 길을 따라 운전을 하는데, 뒷좌석에 앉은 수녀님은 긴장한 표정으로

"어머,

어쩌면 좋아.

바다로 빠질 것 같아요."

라는 말을 하는 바람에 웃었던 기억이 스친다. 아주 오랜만에 바다를 본 수녀님의 아이 같은 마음을 읽을 수 있었다. 가르멜 수녀님들은 수녀원에 들어가면 봉쇄된 공간 안에서 생활하지만 아플 경우에는 특별 외출을 한다. 그때 수녀님은 많이 긴장하신 듯 보였고 한편으로 설레는 어린 소녀처럼 보였다.

수녀님이 돌아가시고 2년이 지난 후, 2019년 11월 18일 기일에 이해인 수녀님과 연락이 닿아 추모 미사에 참석했다. 운 좋게도 수녀원 뒷동산에 있는 묘지를 방문할 수 있었다. 밀양 가르멜 수녀원 뒤편의 산언덕에 무덤들이 있었고 그곳에서 참배를 했다. 작업복 차림을 한 가르멜 수녀님들의 모습이 정겨웠다. 추모 미사에 참석한 손님들을 위해 정갈하게 차린 식탁에서 수녀님과의 추억을 서로 얘기했다. 이해인 수녀님은 언니를 위해 이런저런 연락을 하고

덕담을 해주시면서 살뜰하게 행사를 안내해주셨다. 깊은 자매애가 느껴졌고, 마지막 죽는 순간까지 이인숙 수녀님을 돌본 후배 수녀님이 이런 얘기를 해주었다.

"이인숙 수녀님은 평소 사시는 모습처럼
육체적 고통을 느끼셨지만
그것을 그렇게 많이 표현하지는 않았어요.
조용히 그 모든 것을 받아들이셨어요."

이인숙 수녀님은 언제나 투명한 그림자처럼, 감정의 동요가 없는 거울 같았다. 사람이 가질 수 있는 매력에는 여러 가지 요소가 있는데 그녀의 매혹은 고요함이었다. 이인숙 수녀님은 마음이 맑은 선녀처럼 느껴진다. 반면 이해인 수녀님은 다양한 재능을 가진 현대 여성의 이미지를 풍기고, 지성과 감각이 뛰어나 놀라웠다. 그녀가 속세에 살았어도 시대를 선도하는 여성이 되었을 것이라는 데에 의심의 여지가 없다.

가르멜 수녀원 뒷산에 있는
이인숙 수녀의 묘비

옆의 사진은 가르멜 수녀원 뒷산의 무덤에서 찍은 것이다. 돌아가신 수녀님들이 천국에서 후배 수녀들을 돌보아주는 듯한 느낌이 들었다. 만추의 고즈넉함과 쓸쓸함도 왠지 따스하게 전달되었다. 누군가 가져다 놓은 소박한 국화가 아름답다. 세상에 드러나지 않아도 고요하게 자신의 빛을 밝힌 천사 같은 분들이다. 추모 미사에 참석하러 갔다가 가르멜 수녀원 입구에서 만난 이해인 수녀님과 찍은 사진을 본다. 지구라는 별에 여행을 떠나온 우리 삶에서 만난 소중한 인연들이다.

사랑이 넘실거리는 바다처럼, 이해인 수녀

사랑이라는 암호를 찾는 천사

이해인 수녀님은 부산 광안리 바닷가 근처에 있는 분도 수녀원에서 생활하신다. 기도가 일상적인 삶이며 틈틈이 시와 산문을 쓰신다. 수녀님이 수행하는 여러 가지 일들을 보면 놀랄 때가 많다. 수녀로서의 직분과 시인으로서의 삶 사이에서 균형감을 갖기 위해 남모르게 노력하신다. 수많은 독자들의 기도 요청이나 사소한 부탁을 챙기시는 섬세함을 존경하지만, 한편으로 수녀님의 건강을 해칠까 봐 걱정이 된다.

나는 가끔 수녀님의 작은 천국인 해인글방을 방문하곤 했다. 수녀님의 세례명은 '벨라뎃다'이고 수녀원에 입회한 후에 받은 수도명이 '클라우디아'이다. 가톨릭교회 초창기에 나오는 성녀의 이름

광안리 바닷가에서의 이해인 수녀

인데 그 이름을 떠올리면 왠지 구름(cloud)이 떠오른다. 수도자와 구름의 이미지는 서로 닮았다. 그 어디에도 머무르지 않고 신의 부름을 따라 순례하는 수도자는 구름을 연상시킨다. 한편 해인(海仁)이란 이름은 바다처럼 넓은 사랑을 뜻한다. 불교에서 언급하는 해인(海印)이란 말은 '부처의 지혜로 우주의 모든 만물을 깨닫는 것'을 의미한다. 이름이 불러오는 소리의 파장이나 기운도 있다.

이해인 수녀님은 쉬운 언어로 아름다운 시를 짓는 천부적인 재능을 타고난 것 같다. 사실 시를 써서 수많은 독자의 가슴을 적시는 것이 쉬운 일이 아니다. 그녀의 시는 모든 세대의 사람들에게 위로와 평화로운 감성을 전달한다. 수녀님이 거칠고 발칙한 시를 쓰는 것도 이상할 것이다. 세계의 어두운 이면이나 내면의 깊은 수

렁을 투사한 현대시의 경향과는 확연한 차이를 보인다. 늘 밝고 따스한 시를 쓰는 것이 예술의 측면에서는 매너리즘에 빠진 것이 아닌지 의구심을 갖는 분도 있지만, 수녀라는 독특한 신분이어서 충분히 이해가 되는 부분이다.

이해인 수녀님은 사람들의 가슴속에서 사랑이라는 감정을 끌어내는 마법을 아는 것 같다. 특히 시집 『내 혼(魂)에 불을 놓아』(분도출판사, 1979)에 수록된 「황홀한 고백」을 읽으면 사랑이라는 세계에 푹 잠겨들어 잠시 황홀해진다. 사랑한다는 말이 "가시덤불 속에 핀 하얀 찔레꽃의 한숨 같은 것"이라는 섬세한 시어를 건져내는 감각은 경이롭다. 사랑의 감정 안에 담긴 다양한 층위를 언어로 풀어내는 마법이다. "한 자락 바람에도 문득 흔들리는 나뭇가지"라는 표현에서 사랑에 빠진 연인들의 미묘한 감정을 낚아채는 시적 기법이 탁월하다. 일상의 진부한 사랑마저 밤하늘의 별이 되게 만드는 언어의 신비이다.

> 사랑한다는 말은 가시덤불 속에 핀 하얀 찔레꽃의 한숨 같은 것, 내가 당신을 사랑한다는 말은 한 자락 바람에도 문득 흔들리는 나뭇가지, 당신이 나를 사랑한다는 말은 무수한 별들을 한꺼번에 쏟아내는 거대한 밤하늘이다. 어둠 속에서도 훤히 얼굴이 빛나고 절망 속에서도 키가 크는 한마디의 말, 얼마나 놀랍고도 황홀한 고백인가. 우리가 서로 사랑한다는 말은.
>
> ―「황홀한 고백」 전문

이해인 수녀님의 시에는 사랑의 언어가 다채로운 비유를 통해 드러난다. 달콤한 연애시를 쓰다 보면 언어가 상투적이 되기 쉬운데, 그녀는 일상 안의 사소한 것들을 은유를 활용하여 그것을 극복한다. 시는 인간의 모든 감정과 고뇌를 리듬감 있는 언어로 응축한 것이다. 시를 반드시 아름다운 언어로 써야 하는 법은 없다. 때로는 시적 상황에 따라 걸쭉한 욕이나 외설스런 시어가 필요하다. 인간은 선하기만 한 것이 아니라 부조리한 측면이 더 많은 다층적인 존재이다. 나 자신의 내면을 들여다보면 무수한 자아가 살아 있고, 상황에 따라 천차만별로 발화한다. 가끔 분노 때문에 부정적인 감정에 빠지기도 하지만 어떤 때는 천사처럼 상냥하다. 다양한 감정에 휘둘리는 독자들에게 그녀의 시는 사월의 미풍처럼 다가온다. 그것은 신의 휘파람처럼 때로는 천사의 낮은 속삭임으로 들려온다.

일상의 기쁨을 찾는 비밀

이른 아침에 깨어난 분도수녀원 수녀들은 함께 모여 주님을 향한 찬미의 노래로 하루를 시작한다. 기도하는 사람들은 하느님의 어린 양이 된다. 흉악한 범죄를 지은 사람도 참회하는 순간에는 가슴에서 밝은 빛이 나온다. 착한 사람일지라도 분노와 차만에 물들면 그 영혼의 빛이 어두워진다.

한국 사회에서 정치 뉴스가 가끔 사람들의 의식을 분열시키는 경향이 있다. 저울의 추에 올라선 사람들이 왼쪽으로만 가거나 오른쪽으로만 가면 균형이 깨어진다. 한쪽으로 치우친 견해는 계층 간의 갈등을 부추긴다. 특히 선거철이 되면 거친 말들이 오가면서 국민을 불안하게 한다. 수도원에서의 삶 역시 마냥 천국일 수는 없다. 저마다 생각이 다르고 자라온 환경이 달라 그 차이에서 오는 갈등이 있기 마련이다. 가끔 수녀님을 뵈었을 때 힘들어하는 모습을 보았다. 사실 그녀는 유명한 시인 수녀가 아니었으면 좀 더 고요하게 살 수 있었을 것이다. 그녀를 찾아오는 손님들의 방명록을 보면 아주 다양하다. 그중에는 가난한 사람, 병든 사람, 고민이 있는 사람이 더러 있다. 아무리 수녀라지만 항상 손님을 반갑게 맞이하는 것이 쉬운 일이 아니다. 낙담한 사람들에게 기쁨을 선사하는 소명을 지닌 수녀님의 고충을 이해할 수 있다.

잉태된 아이를 낙태할지 말지를 고민하는 편지를 보내온 독자에게 수녀님이 아이를 낳을 것을 권유했다. 그때 태어난 어여쁜 소녀의 사진이 벽에 붙어 있다. 모든 사람을 위해 기도하는 수녀가 되기로 서원했기에 감당해야 하는 몫이지만 육체적으로 정신적으로

분도수녀원의 장독대에서,
이해인 수녀

얼마나 고단했을지 짐작이 된다.

이해인 수녀의 세 번째 시집인 『오늘은 내가 반달로 떠도』(분도출판사, 1983)에 수록된 시편 「수녀 2」에서는 수녀원의 장독대를 바라보면서 일상에서 기쁨을 건져 올리는 비밀을 고백하고 있다. 일상에서 먹고 마시고 잠자는 일을 같이하며 겪는 소소한 기쁨과 애환이 표현되어 있다.

크고 작은 독 속에
남모르게 읽어 가는
간장 된장 고추장

때가 될 때까진
갑갑해도
숨어 살 줄 아네

수도원은
하나의 커다란 장독대

너도 나도 조용히
독 속에 내뿜는
저마다의 냄새와 빛

더러는 탄식하며
더러는 노래하며

제 맛을 낼 때까진
어둠 속에 익고 있네
즐겁게 기다리네

—「수녀 2」 전문

며칠 전 이해인 수녀님께 안부를 여쭈었더니 분도 수녀원 장독대 앞에서 시를 낭송하는 영상을 보내주셨다. 먹고 마시고 잠을 자는 일상의 순간들을 기쁨으로 변화시키는 마법을 아는 눈 밝은 수녀이시다. 수도원이라는 공동체에서 살아가는 데에는 "때가 될 때까진/갑갑해도/숨어 살 줄" 아는 지혜가 필요하다. 어디 수도 생활만 그렇겠는가. 나와 맞지 않거나 나에게 상처를 주는 타자를 대할 때 지혜가 필요하다. 무조건 참는 것은 오히려 화병을 키울 수 있다. 우리는 장독에 담긴 된장처럼 서로의 단점을 수용하는 마음을 넓혀야 한다. 머리로는 타인을 용서하지만 내면에 응어리진 것들이 불쑥 올라올 때가 있다. 그럴 때 이 시를 읽고 마음을 가라앉힌다. 인내하는 삶의 은은한 향기를 묵상하게 해준다.

선물을 주는 습관

새나 동물도 번식기가 되면 상대 동물에게 돌이나 나뭇가지 혹은 먹을 것을 선물로 준다. 선물을 준다는 것은 따스한 관심과 사랑의 표현이다. 때로는 자신이 원하는 것을 얻기 위해 건네는 방편으로 활용되기도 한다. 그럴 경우 순수한 감동은 적어진다. 사람들은 무언가를 주는 행위보다는 받는 것을 더 좋아하는 경향이 있다. 사랑을 베풀기보다는 사랑받기를 더 원하는 사람들이 많다. 사랑은 베풀수록 커지는 법인데 그렇지 않은 경우도 있다. 왜냐하면 더 많이 사랑하는 사람이 더 오래 기다리고 깊이 상처받는다. 짝사랑에 빠졌을 때에도 아낌없이 사랑을 주는 자신을 스스로 긍정적으로 수용해야 상처를 덜 받게 된다.

우리는 사랑받고 싶은 욕망과 인정 욕구에 갈증을 느끼고 목말라한다. 그 누구도 이러한 욕망에서 완전히 자유로울 수 없다. 사회적 동물이기에 더 그럴 것이다. 이러한 사랑받고 싶은 욕망에서 자유로워지려면 눈앞에 있는 대상을 조건 없이 사랑하는 훈련이 필요하다. 그런데 그것이 생각만큼 그렇게 쉽지 않다. 이익을 주는 사람 혹은 도움이 될 만한 사람에게 더 잘하려는 마음을 갖게 된다. 부처나 예수의 경지에 이르면, 나를 핍박하거나 목숨을 앗아가는 상황에서도 전혀 마음의 동요가 없다. 그래야 인격이 성숙해진다는 것을 알지만 일상에서 반복적으로 힘든 상황이 발생하면 누구나 분노와 미움에 사로잡힌다. 특히 미움이란 감정은 이전의 좋았던 감정마저 폐기시키고 상처를 뚜렷이 부각시킨다. 미움이란 정동을 느낄 때 신체적 반응도 같이 일어나는데 이것은 뇌에서 반응하는 영역마저 바꾼다.

무언가를 소유하려는 욕망보다 베푸는 마음을 키우는 연습이

이인숙 수녀(왼쪽)와 이해인 수녀

필요하다. 불교에서 강조하는 '보시하는 마음' 역시 아무런 대가를 바라지 않는 순수한 마음을 지향한다. 현대사회에서는 계약 관계를 통해 수행하는 봉사나 서비스 역시 경제적 가치로 환원된다. 하지만 가톨릭 수도원에서는 여전히 그러한 가치를 전복하는 삶을 지향한다. 그들은 청빈 서약을 준수하고, 그 서약을 빛낸 위대한 성인들의 모범을 따르려고 노력한다. 그러는 과정에서 그러한 정신이 수도자들의 삶에 스며든다. 물론 모든 수도자가 그런 것은 아니어서 실수를 하거나 세속인보다 더 탐욕적인 분도 있다. 중세 시대에 권력과 결탁해 자행했던 오류들을 현대의 수도회에서는 탈피하고자 한다. 인간은 불완전한 존재인 탓에 수도자라 할지라도 가끔 그릇된 행위로 비판을 받기도 한다. 그러나 그들의 결점마저 수용하는 아주 맑은 마음을 가진 분들이 훨씬 많다. 그 가운데 청빈한 수녀들의 삶은 한 줄기 빛을 선사한다. 언젠가 가족과 함께 해인글방을 방문을 했을 때 수녀님은 아기자기한 것들을 보여주며 말씀하셨다.

"이 조가비는 광안리에 바닷가에서 주워 왔어요.
 해인글방에 오시는 분들에게 선물을 주려고
 솔방울, 조개, 카드를 준비합니다."

수녀님에겐 해인글방을 찾아오는 손님에게 아주 작은 것이라도 주려는 마음이 가득하다. 그래서 솔방울, 책, 책갈피 등의 선물을 언제나 미리 준비해두신다. 선물을 주는 기쁨을 아시고 그것을 독자들에게 전해주신다. 손님을 맞이하는 마음 자세에 대해서는,『작은 기도』(열림원, 2011)에 수록된 시「환대」에 재미있게 표현되어 있다.

손님과 생선은
삼 일이 지나면
냄새가 난다는
속담이 있지

냄새도 축복이 되게
사랑으로 잘 모시면
축복이 되지

손님은
내가 많은 것을
새롭게 배우는
선생님이 되고
생선이 맛있는
반찬이 될 수 있듯
만남을 잘 요리하면
손님은 언제나
정겨운 벗이 되어주지

—「환대」 전문

　이해인 수녀님의 글방을 찾았을 때 수녀님이 사람들을 대하는
태도에서 많은 것을 배웠다. 여러 계층의 불특정 다수의 사람들을
대하는 수녀님은 나름의 원칙을 정하고 그 길을 따라 내면의 평정
을 유지하셨다. 시인들은 감수성이 예민해 상처받기 쉬운 성정을
지닌 편이다. 예민한 감각으로 남들은 그냥 스쳐 지나가는 것에서
시적 모티프를 발견하고 그것을 감각적인 언어로 형상화한다. 위
의 시에서 보듯 타자의 몸에서 나는 냄새를 포착해 맛깔스러운 시
로 변화시킨다. 누구나 부담 없이 시를 읽고 잠시 우리의 일상을
성찰하도록 이끈다.

　요즘 사람들은 자신의 집으로 누군가를 초대하는 것을 꺼린다.
주로 바깥에서 식사하고 집에서는 간단한 차나 술을 마시려 한다.
그 이유는 아주 친한 경우가 아니면 자신의 사적 공간을 외부 사람

에게 노출하기 싫어하기 때문이다. 이전보다 타인을 덜 신뢰하는 것 같고 귀찮은 일을 하기 싫은 마음이 큰 까닭이다. 나 역시 집으로 사람을 초대하는 일이 점점 줄어들고 있다. 조선시대 선비들이 집을 방문하는 손님을 위한 행랑채를 별도로 마련해둔 여유가 부럽다. 침대 생활이 보편화되면서 누군가를 집에 재우는 일이 점점 사라지는 풍습이 안타깝다.

어쩌면 우리는 이 지구에 온 손님들이다. 베풀기보다 받기를 좋아하는 좁은 마음을 점차 내려놓고 싶다. 오늘 하루 누군가에게 기쁨을 주는 선물처럼 살아야겠다. 미움도 내려놓고 성냄도 내려놓고 다정하게 미소를 짓고 싶다.

시를 쓸 때 켜는 촛불

이해인 수녀님은 언제 시를 쓰실까? 수도원은 단체 생활을 하는 곳이라 공동으로 미사를 보고, 기도 시간을 지켜야 하는데 개인 시간을 내는 것이 어렵다. 그녀가 젊었을 때에는 수도원 소임을 하는 틈틈이 시를 쓰느라 잠을 줄이기도 하셨다. 수녀님의 시가 널리 읽혀지면서 전국에서 밀려드는 편지에 일일이 답장하는 것이 힘에 부쳤다. 세월이 지난 후 수녀원에서 그 편지들에 답장하는 것도 전교 활동으로 인정하였다. 그 이후로 수녀님은 해인글방에서 글을 쓰거나 손님을 접대하는 소임을 맡게 되었다. 종교나 빈부에 대한

아무런 편견 없이, 찾아오는 손님들에게 평등한 마음을 내는 것이
수녀님의 일상이 되었다.

"나는 기도할 때 촛불을 켜고 시를 씁니다."

해인글방을 방문했던 어느 날, 이해인 수녀님은 시를 쓰는 책상
에 촛불을 켜두셨다. 시를 쓸 때 기도하는 마음으로 촛불을 밝힌
다고 하셨다. 그 말을 듣고 나는 조금 충격을 받았다. 나는 한 번도
촛불을 켜고 시를 써본 적이 없다. 그리고 필사도 거의 하지 않는
다. 나는 상처를 받았거나 고뇌가 있을 때 시를 쓰는 경우가 많다.
그래서 시 속에 내면의 어두운 풍경이 자연스레 배어나왔다. 시를
쓰는 행위는 치유의 글쓰기인 측면도 있다. 나는 내면의 상처를 외

적 현실과 결부시켜 토로하면서 사회적 문제를 통찰하는 시를 쓰곤 했다. 사람의 습관은 쉬이 바뀌지 않는다. 촛불을 켜고 기도하는 마음으로 시를 쓰는 수녀님을 존경하지만 선뜻 그 행위를 따라하지는 않았다. 그런데 최근에는 마음이 바뀌었다.

'나 혼자 쓰는 시가 무슨 의미가 있나?'

이런 생각이 들면서 독자를 위한 시를 쓸 필요성을 느꼈다. 내면의 고통이나 상처를 시로 표출하면서 사회적 고뇌를 시적으로 형상화하는 것도 중요하지만 단 한 명의 독자에게라도 행복을 전해주고 싶은 마음이 생겨났다.

독자의 마음을 환하게 밝히는 것을 좋아하는 수녀님의 시적 습관이 고스란히 반영된 시는 『꽃은 흩어지고 그리움은 모이고』(분도출판사, 2004) 시집에 수록된 「제비꽃 연가」이다.

나를 받아 주십시오

헤프지 않은 나의 웃음
아껴 둔 나의 향기
모두 당신의 것입니다

당신이 가까이 오셔야

나는 겨우 고개를 들어 웃을 수 있고
감추어진 향기도 향기인 것을 압니다

당신이 가까이 오셔야
내 작은 가슴속엔
하늘이 출렁일 수 있고
내가 앉은 이 세상은
아름다운 집이 됩니다

담담한 세월을 뜨겁게 안고 사는 나는
가장 작은 꽃이지만
가장 큰 기쁨을 키워 드리는
사랑꽃이 되겠습니다

당신의 삶을 온통 봄빛으로 채우기 위해
어둠 밑으로 뿌리내린 나
비 오는 날에도 노래를 멈추지 않는
작은 시인이 되겠습니다

나를 받아 주십시오

―「제비꽃 연가」 전문

　제비꽃의 노래와 같은 이 시를 설명하는 시작노트도 눈길을 끈다. "사랑은 순결한 봉헌입니다. 아주 작은 제비꽃의 고백처럼 사랑하는 이의 눈길과 손길이 닿으면 금방 하늘이 되고 바다가 되는 겸손한 순명이며 스스로를 낮추고도 비굴해하지 않고 오히려 영광으로 여기는 아름다운 '자기 비하'입니다. 누구보다 제비꽃을 사랑하며 평범한 삶을 가장 큰 사랑으로 승화시킨 리지외의 성녀 소화 데레사의 꽃이기도 하지요."(73쪽). 봄날에 핀 작은 제비꽃을 보면서 쓴 이 시를 통해 작은 것들에 대한 관심을 엿볼 수 있다. 성공이나 화려한 것에 대한 동경 때문에 일상에서 미처 발견하지 못하는 것들이 있다. 타인과 비교하지 않고, 존재 그 자체로서의 충만함을 느끼는 것도 축복이다. 소박한 사람들의 은은한 빛은 이 세상을 더 밝고 건강하게 유지하는 원동력이다.

이해인 수녀님은 시처럼 삶도 아름답지만 그녀도 인간이기에 드러나지 않은 허물이 있을 수 있다. 그러나 나는 가끔 그녀를 만났기 때문에 자세히 알지 못한다. 아무리 좋은 사람도 같이 살면 미울 때도 있고 권태로울 수 있다. 사람의 심리는 참 이상하다. 다정한 말은 쉽게 잊어버리고 상처 받은 기억은 오래 간직하는 경향이 있다. 왜 그럴까. 사랑이나 미움 같은 감정도 다 지나가는 것들이며 실상이 아니라고 한다. 혹시 우리는 속고 사는 것이 아닐까. 무엇보다도 자신에게 가장 깊이 속는 것인지 모른다. 순간순간 살아 있음을 느끼는 신비, 그것이 작은 영성이 추구하는 길이다. 자신의 허물을 발견하고 타자의 단점을 포근히 감싸주는 보랏빛 제비꽃이 피어나는 봄이 기다려진다.

첫 시집 『민들레의 영토』에 실린 이해인 수녀

먼저 안부를 묻는 다정한 사람

예수께서 제자들에게 용서에 관한 말씀을 하실 때, 누군가가 잘 못을 했다면 일곱에 일곱 번, 즉 마흔 아홉 번을 용서하라고 하신 다. 사소한 일이든 중대한 일이든 상처를 받았거나 자존심이 상했 을 때, 그 기억을 훌훌 털어버리는 비법이 있으면 좋을 것이다. 미 운 감정 혹은 부담을 주는 상대에게 다정한 마음을 가지는 것은 쉽 지 않다. 때로는 그 상황을 회피하는 게 도움이 된다. 왜냐하면 부 정적인 감정에 휘말리지 않을 수 있기 때문이다. 그러나 가족이나 직장 동료일 경우는 쉽게 관계를 청산할 수 없어 불쾌한 감정이 누 적된다.

보는 것만으로 기쁨을 주는 존재가 있다면 얼마나 좋을까. 사람의 마음이란 것이 좋은 것은 빨리 잊고 나쁜 기억을 오래 저장하는 습관이 있다. 그래서 만족하기보다는 불만족으로 저울의 추가 기운다. 물론 심리적 콤플렉스나 결핍 혹은 인정 욕구가 의지를 강하게 추동시켜 뭔가를 성취하기도 한다. 내 마음 안에도 질투, 냉담, 자만심, 우울 등이 있다. 선한 마음을 가질 때도 있지만 분노와 우울한 감정에 사로잡히기도 한다. 이 모든 감정을 조금 객관화시키는 마음 챙김이 필요하다. 하느님이 어느 날 기적처럼 발현하여 나를 깨어나게 할 수도 있겠지만 그건 아주 예외적인 일이다. 내 안에 존재하는 하느님을 찾아, 그 품 안에 머무르는 연습을 하는 것이 부정적인 감정을 극복하는 데 도움이 된다. 일상이 반복이듯이 감정의 여러 층위들도 반복하는 성향이 강하다.

나의 축일은 소화 성녀 데레사를 기억하는 10월 1일이다. 신앙심이 깊지 않아서 그런지 나는 축일조차 잊고 살 때가 많다. 그런데 수녀님은 그토록 바쁘신데 10월 1일이 오면 축일을 축하하는 문자를 종종 보내주셨다. 아마도 수녀님은 나에게만 그러는 것이 아닐 것이다. 주변 사람이나 기억에 떠오른 분들에게 먼저 안부를 전하실 것이다. 먼저 인사를 나누는 다정함은 이해인 수녀님의 놀라운 재능이다. 『그 사랑 놓치지 마라』(마음산책, 2019)에 수록된 「고운 말」에는 언어가 영혼의 선물임을 상기시킨다.

구슬이 서 말이라고 꿰어야 보배라지요
언어가 그리 많아도

잘 골라 써야만 보석이 됩니다

우리 오늘도 고운 말로
새롭게 하루를 시작해요
녹차가 우려내는 은은한 향기로
다른 이를 감싸고
따뜻하게 배려하는 말

하나의 노래 같고
웃음같이 밝은 말
서로 먼저 찾아가 건네보아요
잔디밭에서 정성들여 찾은 네잎 클로버 한 장 건네주듯이 ―

'마음은 그게 아닌데 말이 그만 ……'
하는 변명을 자주 안 해도 되도록
조금만 더 깨어 있으면 됩니다
조금만 더 노력하면
고운 말 하는 지혜가 따라옵니다

삶에 지친 시간들
상처받은 마음들
고운 말로 치유하는 우리가 되면
세상 또한 조금씩 고운 빛으로 물들겠지요
고운 말은 세상에서

가장 좋은 선물이지요

—「고운 말」 전문

평상시에는 좋은 말을 하는데, 몹시 지쳐 있거나 고단할 때 나오는 짜증스러운 말을 변화시켜야 하는데 지혜가 부족하다. 특히나 자신도 모르게 억압감을 느끼거나 차별의 감정에 짓눌려 있을 때 그것을 해소하는 방법이 필요하다. 누구나 기분이 좋으면 인상이 밝아지고 미소를 짓는다. 상황이 악화되었을 때 먼저 건네는 다정한 인사는 하느님의 미소이다. 특히 끝없이 용서하리라는 굳센 서원을 세우는 것이 우리에게 큰 이로움을 가져다준다. 용서는 가장 위대한 천사의 마음이다. 아무리 악한 사람일지라도 그의 내면에는 하느님이 살아 계신다. 나와 남이 다르지 않은 궁극의 차원인데 단지 우리 눈이 어두워 보지 못한다. 나를 괴롭히는 사람이 가장 성스러운 천사인지 누가 알겠는가. 이 세계는 지옥을 천국으로 변화시키는 힘을 기르는 훈련 장소인지 모른다.

하느님과의 합일을 추구하는 꽃의 노래[*]

샘물처럼 맑은 이해인의 시에서 주된 이미지는 꽃과 구름과 바

---

[*] 이해인의 시집『꽃은 흩어지고 그리움은 모이고』의 해설로 수록된 글이다.

다이다. 특히 꽃으로 형상화된 그녀의 시편들은 그녀의 영성과 내면이 투사되어 있다. 하느님의 신부로 선택된 삶을 살아가는 수녀로서의 이미지와 섬세하고 예민한 감수성을 지닌 시인으로서의 삶이 공존한다. 그녀의 시는 그윽한 향기를 담고 있다. 『꽃은 흩어지고 그리움은 모이고』는 메마르고 팍팍한 현대인에게 맑고 향긋한 향기를 전해주는 꽃시 모음집이다. 시집을 펼치면 봄 하늘에 하늘하늘 흩날리는 꽃잎처럼, 사랑과 기쁨에 젖은 맑은 언어들이 상쾌한 바람처럼 가슴에 와닿는다. 마치 연인에게 장미꽃을 선물하듯, 멀리 있는 그리운 이에게 천리향의 향기를 바람에 실려 보내듯 이 시집은 꽃향기가 자욱하다.

이해인의 시는 하느님께 바치는 찬미의 노래인 동시에 사랑하는 사람들에게 바치는 사랑의 시로 읽혀진다. 하느님과의 합일을 추구하는 꽃의 고뇌와 열정이 시의 여린 꽃잎 속에 배어 있다. 「민들레의 영토」 시편에서 구축한 영성의 땅은 좁고 고독한 사랑의 길이다. 땅에 낮게 몸을 낮추고, 노란 얼굴로 피어오르는 작은 민들레의 이미지가 상징하는 것은 낮고 소박한 삶에의 동경이다. 화사한 삶의 길이 아닌 작은 자의 길이다. 가슴 한복판에 꽂은 유일한 깃발인 '사랑'에 온 영혼을 맡기는 이해인의 의지는 수녀원 뜰 안의 민들레로 피어난다. 꽃이 진 뒤에 홀씨 되어 훌훌 날아가는 민들레는 무소유의 자유를 갈구하는 삶의 표상이다.

기도는 나의 음악

가슴 한복판에 꽂아 놓은
사랑은 단 하나의
성스러운 깃발

태초부터 나의 영토는
좁은 길이었다 해도
고독의 진주를 캐며
내가
꽃으로 피어나야 할 땅

—「민들레의 영토」부분

　　수녀로서의 자의식이 짙게 배어 있는 시편들로는「나팔꽃」,「패랭이꽃 추억」,「달맞이꽃」등이 있다. 특히 초기 시에서는 수녀원 안에서의 삶이 꽃의 이미지 속에 고스란히 반영된다. 신에게 전적으로 자신을 제물처럼 봉헌하는 마음이 꽃으로 형상화된다. 아침마다 활짝 자신의 몸을 여는 나팔꽃처럼 자신의 욕망은 뒤로한 채, 철저하게 신을 향해 몰입해가는 의지가 두드러진다. 나팔꽃과 종의 이미지를 병치시켜, 청각과 시각이 결합되어 나팔꽃이 은은한 종소리를 내는 것 같다. 이해인은 자연의 대상과 자신을 일치시키는 은유의 기법을 아주 자연스럽게 구사한다. 특히 꽃, 나무, 구름, 바다 등의 자연 사물들 내면으로 깊숙이 침잠함으로써, 자아와 자연의 경계 구분이 없는 듯이 보일 때가 많다. 아주 능숙하게 자연의 존재들에 자신의 내면을 투사시키고, 그 내면의 지향은 언제나 하느님을 바라보고 있다. 절대적이고, 영원한 사랑의 대상에 대한 헌신과 찬미는 대부분의 종교시에 등장하는 기본적인 주제이자 모티프이다.

영국의 존 홉킨스(John Hopkins) 같은 시인에게도 이와 유사한 면이 많다. 홉킨스의 경우에는 자연 속에 내재하는 성령에 대하여 아주 예민한 감수성을 보여주지만, 자연 속의 사물들과 자아가 하나가 되는 양상을 취하지는 않는다. 온 우주에 편재하는 신의 장엄한 영광을 표현하는 수단으로 자연이 등장한다. 즉 하느님의 영광을 드러내는 매개체로서의 자연이 다루어지는 반면 이해인은 하느님에 대한 끝없는 갈망을 추구하면서, 자연의 일부분이 되어 하느님을 찬미하는 형태를 취한다. 한편 종교적 알레고리를 벗어나서 그녀의 시를 읽으면 사랑하는 님에게 자신의 무한한 사랑을 고백하는 '사랑시'처럼 다가온다. 그 사랑은 상황에 따라 변하는 일시적인 사랑이 아닌 절대적인 헌신과 희생을 감내하려는 의지를 내포한 사랑이다. '하느님 당신만을 사랑하겠다'는 굳은 서약처럼, 신성함과 숭고함을 간직한 사랑이다.

햇살에 눈뜨는 나팔꽃처럼
나의 생애는
당신을 향해 열린
아침입니다

신선한 뜨락에 피워 올린
한 송이 소망 끝에
내 안에서 종을 치는
하나의 큰 이름은
언제나 당신입니다

—「나팔꽃」부분

하느님과 시적 화자의 관계 설정에 있어서, 이해인은 자신의 내면을 텅 비워 하느님이 자신의 내면을 지배하기를 희망한다. 「달맞이꽃」에서 볼 수 있듯이, '당신'은 달, 하느님, 타자, 진리, 사랑으로 변주된다. 절대적인 당신이 형이상학적인 신으로만 다가오는 것이 아니라, 진리, 자아 그 자체일 수 있음을 암시한다. 텅 비움으로써, 존재 전부를 수용하려는 확장된 자아의 의식이 드러난 시이다.

당신의 밝은 빛
남김없이 내 안에
스며들 수 있도록
이렇게 얇은 옷을 입었습니다.

해질녘에야
조심스레 문을 여는
나의 길고 긴 침묵은

그대로 나의 노래인 것을
달님

맑고 온유한
당신의 그 빛을 마시고 싶어
당신의 빛깔로 입었습니다

끝없이 차고 기우는 당신의 모습 따라
졌다가 다시 피는 나의 기다림을
당신은 아시지요
달님

—「달맞이꽃」 부분

　　달빛 아래 피어난 달맞이꽃처럼 하느님의 목소리와 빛깔로 자
신을 채우고 싶어 한다. "끝없이 차고 기우는 당신 모습 따라/졌다
가 다시 피는 나의 기다림을"에서는 달의 순환주기에 따르는 달맞
이꽃처럼, 예수 그리스도의 삶을 따라가려는 마음이 담겨 있다. 환
한 보름달 같은 사랑뿐만 아니라 가녀린 초승달처럼 밀려드는 슬
픔마저 담담히 수용하겠다는 의지를 표현하고 있다. 그러면서 이
해인은 '한 송이 꽃으로서의 자신을 봉헌'하려는 의지를 「패랭이꽃
추억」에서 보여준다. 누군가에게 늘 꽃을 건네는 마음, 즉 자신이
한 송이 꽃으로 누군가의 가슴속에서 피어나고 싶은 염원이다.

분도수녀원에서의 이해인 수녀

누군가에게
늘 꽃을 건네는 마음으로 살고 싶었다
아니 한 송이의 진짜 꽃이 되고 싶어
수녀원에 왔다

더 많이 사랑하고 싶은 욕심에
가슴이 뛰었다

바람 부는 날
수녀원 뜰에
지천으로 핀 패랭이꽃을
보고 또 보며
지상에서의 내 고운 날들이
흘러간다

—「패랭이꽃 추억」 부분

이해인이 세계를 바라보는 시선은 가톨릭적인 우주관과 연결된다. 지상에서의 삶과 사후의 천국에 대한 동경이 그녀의 시편 곳곳에 배어 있다. 동양적 우주관에서는 둥근 원처럼 순환하는 시간이 지배적인 반면, 서양의 기독교적 세계관은 직선의 역사이다. 천지가 창조되고, 인간이 타락하고, 예수 그리스도가 와서 인간성의 회복을 주장하고, 부활하고, 그리고 마지막에는 종말이 온다는 시간관이 배후에 깔려 있다. 시작이 있고, 끝이 있는 직선의 시간관인 경우에 지상에서의 삶은 평안과 기쁨만이 존재하는 천국으로 가기 위한 여정이다. 마치 지상에서의 고뇌는 유배지에서 당하는 고통과도 같다. 이해인이 자신의 삶을 한 송이 꽃으로 봉헌하려 하지만, 수도자이기 이전에 평범한 한 인간으로서 겪어야 하는 아픔도 그녀의 시에 고스란히 담겨 있다.

「파꽃」, 「한 송이 수련으로」, 「장미를 생각하며」, 「선인장」 등의 시에서는 수녀원에서 겪었던 고뇌와 아픔도 새겨져 있다. 극락에 데려놓아도 그 극락이 싫다고 튀어나오는 것이 중생의 마음이라는 말이 있다. 순수한 의지의 꽃들이 모인 꽃밭에도 갈등과 오해가 있기 마련이다. 장미의 향기 뒤에서 찌르는 가시처럼 마음에 금이 가는 순간을 그녀가 어떻게 승화시켰는지를 살필 수 있다. 「파꽃」에서는 슬픔을 속으로 삭이고 의연한 삶의 길을 가려는 태도가 엿보인다. 「선인장」에서는 사막으로 내몰린 자아의 고독감이 절정에 이른다. 사람들 속에서 입안에 사막의 모래알을 삼켜야 하는 고독이 찾아든다. 보통 사람들처럼 마음껏 눈물을 보일 수도 없고, 내면의 불만을 수다로 떠들며 해소할 수도 없다. 메마른 내면의 독백이 꽃의 이미지를 통해 피어난다.

> 매운 눈물을
> 안으로만 싸매 두고
> 스스로 깨어 사는
> 조용한 꽃
>
> —「파꽃」 부분

> 사막에서도
> 나를
> 살게 하셨습니다
>
> 쓰디쓴 목마름도
> 필요한 양식으로
> 주셨습니다
>
> 내 푸른 살을
> 고통의 가시들로
> 축복하신 당신
>
> —「선인장」 부분

그러나 이해인의 시에서는 고통과 상처가 인식의 전환점을 이루는 계기가 되는 측면이 있다. 고통 자체에 매몰되기보다는 그것을 초극하는 새로운 삶에 대한 의식의 변화가 수반된다. 「장미를 생각하며」에서는 "가시에 찔려 더욱 향기로웠던/나의 삶이/암호처럼 찍혀 있는"이라는 독백을 남긴다. 물을 주고 가꾼 사랑이 화살이 되어 가슴에 와 박힌다. 쓰라린 상처에서 향기가 나도록 자신을 추스르는 의지가 돋보인다. 후기 시로 갈수록 고통을 너그럽게 품 안에 끌어안으면서 피고름이 나는 상처에서 진한 장미향을 맡게 된다. 영성의 신비 쪽으로 다가간다. 수도원 초기 시절에 쓴 시편에서는 하느님에 대한 갈망이 불꽃처럼 타오르다 세월이 흐르면서 일상 안에 존재하는 하느님을 향해 나아가는 특징이 보여진다.

> 내가 물주고 가꾼 시간들이
> 겹겹의 무늬로 익어 있는 꽃잎들 사이로
> 길이 열리네
> 가시에 찔려 더욱 향기로웠던
> 나의 삶이
> 암호처럼 찍혀 있는
>
> —「장미를 생각하며」 부분

꽃처럼 봉헌된 삶의 길을 지향하는 시 가운데에서 특히 「해바라기 연가」에 그녀의 영성이 집약되어 있다. 그녀 스스로 다음과 같이 이 시에 대하여 언급한다. "내가 종신서원을 앞두고 해바라기 꽃의 입을 통해 고백한 기도 연가입니다. 30년 가까이 독자들의 사

해바라기 꽃을 든 이해인 수녀

랑을 가장 많이 받은 꽃시이기도 해요. 사랑은 언제나 변함없이 안타깝고 애틋한 마음, 기다림과 그리움을 꽃씨로 익히는 '해바라기 마음'입니다."(121쪽) 이해인은 종신서원을 앞두고 하느님의 영원한 사랑으로 남기 위해 이 시를 바친다. 그녀의 삶이 사랑 자체가 되는 것을 지향하고 있음을 「해바라기 연가」를 통해 알 수 있다.

내 생애가 한 번뿐이듯
나의 사랑도
하나입니다

나의 임금이여
폭포처럼 쏟아져 오는 그리움에

목메어
죽을 것만 같은 열병을 앓습니다

당신 아닌 누구도
치유할 수 없는
내 불치의 병은
사랑

이 가슴 안에서
올올이 뽑은 고운 실로
당신의 비단 옷을 짜겠습니다

빛나는 얼굴 눈부시어
고개 숙이면
속으로 타서 익는 까만 꽃씨
당신께 바치는 나의 언어들

이미 하나인 우리가
더욱 하나가 될 날을
확인하고 싶습니다

나의 임금이여
드릴 것은 상처뿐이어도
어둠에 숨지지 않고

섬겨 살기 원이옵니다

—「해바라기 연가」 전문

　여름날 태양을 향하는 해바라기의 열정에 수도자로서의 서원을
담은 이 시는 성서의 「아가서」를 연상시킨다. 당신 아닌 그 누구도
나의 마음을 차지할 수 없다는 고백이며, 진리를 향한 굳건한 서원
이다. 불꽃에 타오르는 사랑의 고백은 독자에게 성령의 불꽃을 옮
겨주는 듯하다. 꽃을 소재로 삼은 시 가운데 단연 시적인 완성도와
음악성이 빼어난 시이다.

　한편 「해바라기 연가」와는 대조적으로 「한 송이 수련으로」에서
는 열정이 다소 차분하게 가라앉은 듯한 어조로 전개된다. 마치 사
랑의 열정에 빠진 남녀가 결혼 생활을 하면서 문득 자신들을 성찰
하듯, 이해인 역시 자신의 사랑에 대한 성찰을 보여준다. 물 위에
떠다니는 담담한 수련처럼, 사랑에 물든 자신의 모습을 비춰보고
있다. 사랑이 큰 만큼 고독도 깊은 삶에서 겪는 목마른 갈증과 담
담함이 나타난다.

　　내가 꿈을 긷는 당신의 못 속에
　　하얗게 떠다니는
　　한 송이 수련으로 살게 하소서

　　겹겹이 쌓인 평생의 그리움
　　물 위에 풀어놓고

그래도 목말라 물을 마시는 하루

도도한 사랑의 불길조차
담담히 다스리며 떠다니는
당신의 꽃으로 살게 하소서

——「한 송이 수련으로」 부분

    이해인이 보여주는 영성의 세계는 초기에는 영적인 하느님에게로 몰입해가는 과정이 시적으로 형상화된 것이 많은데, 후기로 가면 하느님에 대한 사랑은 점점, 가까이 있는 타자, 즉 이웃에 대한 사랑으로 번지는 변화가 나타난다. 하늘에 계신 하느님 혹은 천국에서 만나게 될 하느님에 대한 사랑이 지금 여기에 현존하는 하느님을 향해 나아간다. 구원이라는 개념 역시 사후보다는 현재 상황의 변화 쪽으로 나아간다. 완전하고 숭고한 하느님에 대한 동경이 수직적으로 치솟던 초기 시에 비하여 후기로 갈수록 그 사랑이 수평적으로 확장된다. 그러한 시각이 「수국을 보며」와 「잎사귀 명상」에 잘 구현되어 있다.

각박한 세상에도
서로 가까이 손 내밀며
원을 이루어 하나 되는 꽃

혼자서 여름을 앓던

내 안에도 오늘은
푸르디푸른
한 다발의 희망이 피네

수국처럼 둥근 웃음
내 이웃들의 웃음이
꽃무더기로 쏟아지네

—「수국을 보며」 부분

　「수국을 보며」에서 보듯, 작은 꽃송이가 옹기종기 붙어서 둥근 원을 이룬 꽃의 형상이 마치 둥근 지구처럼 보인다. 서로 서로 살을 맞대고 까르르 웃는 듯 꽃의 표정이 선명하게 살아난다. 사랑하는 사람들 사이에서 피어나는 저 탐스런 수국이 새로운 천년왕국이 아닐까. 그녀가 추구하는 천국은 종교적 교리에 갇힌 화석화된 것이 아닌 삶 속에서 발현되는 사랑의 실천이다. 높고 낮음도 없이 둥글둥글 원만하게 서로를 껴안고, 편견 없이 하나가 되어주는 마음이다. 서로의 팔과 다리가 되어줄 수 있는 경지를 추구한다. 예수님이 자신을 포도나무에 비유하여, 제자들에게 포도나무 가지처럼 한 몸을 이루라고 하셨듯이 그녀는 수국을 통해 말한다. 이처럼 그녀가 사랑으로 키운 나무가 커다란 숲을 이루게 됨을 예시하는 시가 「잎사귀 명상」이다.

내가 사귄 사람들의
서로 다른 얼굴이
나무 위에서 웃고 있다

마주나기잎
어긋나기잎
돌려나기잎
무리지어나기잎

내가 사랑한 사람들의
서로 다른 운명이
삶의 나무 위에 무성하다

—「잎사귀 명상」 부분

포도나무 가지에 매달린 나뭇잎의 크기와 색깔이 저마다 다르다. 사람들은 색깔이 달라도 그 다름을 통해 커다란 나무가 됨을 암시한다. 벌레가 먹은 잎, 시선이 삐딱한 잎, 자신의 성장을 위해 다른 잎을 가리는 잎, 그 모든 것이 자연의 섭리 가운데 하나의 나무가 된다. 세상살이 역시 조금만 객관적 시각에서 응시하면, 타자와 주체가 분리될 수 없는 존재임을 깨달을 수 있다. 자아에 집착함으로써 존재의 합일감이 사라지고 공허와 불안이 생겨난다. 자아와 우주, 자연과 하느님이 하나의 몸임을 그녀의 시에게 보여준다. 이러한 사유 덕분에 가톨릭 수녀라는 벽을 넘어 다양한 독자들에게 공감을 줄 수 있다. 진리를 추구하는 것이든 예술이든 삶에서 가장 근본이 되는 토대는 보편적인 진실이기 때문이다.

그 어떤 종교나 예술, 권력보다도 가장 순수하게 생명을 주는 것은 무조건적인 사랑이다. 갓난아기를 품에 안은 어머니의 그 따스한 눈빛 안에 모든 진리가 들어 있음을 누가 부인하겠는가. 근대에 들어서면서 가장 영적인 존재로 인간의 위상을 한껏 부풀려 왔지만, 인간 역시 자연의 일부이며 나아가 자연과 한 몸이다. 그러한 관점에서 이해인은 꽃, 나무, 새 등과 교감하는 과정이 사랑의 길임을 깊이 통찰한다. 그녀의 시에서 다분히 범신론적인 이미지로 다가오는 것은 이와 연관된다. '하느님은 어디에 계시는가?', '당신 자신은 누구인가?'라는 존재론적 물음에 직면하여, 이해인이 제시할 수 있는 명쾌한 대답은 「등꽃 아래서」 시편에 담겨 있다.

혼자서 등꽃 아래 서면
누군가를 위해
꽃등을 밝히고 싶은 마음

나도 이젠
더 아래로
내려가야 하리

세월과 함께
뚝뚝 떨어지는 추억의 꽃잎을 모아

또 하나의 꽃을 피우는 마음으로
노래를 불러야 하리

때가 되면 아낌없이
보랏빛으로 보랏빛으로
무너져 내리는 등꽃의 겸허함을
배워야 하리

—「등꽃 아래서」 부분

　　오월 해 질 녘에 등꽃 아래 벤치에 앉아 하늘을 올려다봤을 때의 황홀함이 시에 담겨 있다. 아래로, 아래로 목을 쭉 내어 밀고, 보랏빛 향기를 선사하는 등꽃! 환한 사랑과 겸손의 등을 내걸고 싶은 이해인의 염원이 배어 있다. 타인을 기쁘게 하는 한 가지 비법은 자신을 낮추는 길이다. 하느님과의 합일은 황홀한 법열이나 탈혼의 기쁨에 안주하는 것이 아니라 척박한 현실 안에서 피워내는 사랑을 통해 구현된다. 고통 속에서 피우는 작은 사랑의 꽃이 탈혼보다 더 아름다울 수 있다. 깨달음 혹은 하느님과의 합일이 삶의 궁극적 목적이지만 그 좁은 길을 가는 과정에서 순간순간 만나는 모든 존재가 하느님이요, 진리 그 자체이다. 보랏빛 등꽃의 향기가 번진다. 십자가에 처참하게 달린 예수의 상처에서 향기가 전해져 온다. 상처로 얼룩진 지상에서 겸허하게 피운 등꽃 덕분에 세상은 천국의 뜰이 된다.

가난한 수도자의 얼굴, 임영식 수산나 수녀

미역국에 사랑을 듬뿍 담아

수산나 수녀님을 떠올리면 예수성심전교수녀원에서 운영하던 기숙사 시절이 생각난다. 그때 수녀님은 주방 담당이었는데, 여대생들이 식당으로 식사를 하러 가면 미역국을 듬뿍 담아주셨다. 예수성심전교수녀회는 독일에 본원이 있고 한국으로 진출해 전교 활동을 하는 수도회이며 부산 금정산 아래에 아담한 수도원이 있다. 초기에는 부산으로 진학한 여대생들을 위해 기숙사를 운영했다.

수녀원 기숙사에서 이 년 동안 지냈을 때의 기억에 남는 일들이 몇 가지 있다. 주방에 계시던 독일 수녀님이 구워주던 담백한 맛의 식빵을 잊을 수 없다. 수요일과 주말 아침에 빵에 사과잼을 발라 먹었는데 우리가 먹는 밥처럼 단맛이 전혀 가미되지 않아 질리

예수성심전교수녀회
임영식 수산나 수녀

지 않았다. 독일 수녀님은 한국어가 서툴렀지만 먹을 것을 주실 때
의 웃는 얼굴은 천사 같았다. 오월에는 푸른 잔디밭에서 오픈 하우
스 행사를 했다. 집을 떠나 대학을 다니던 여학생들을 각별히 사랑
해주던 수녀님들의 훈훈한 사랑이 지금도 그립다.

그때 만났던 수산나 수녀님과의 인연은 30년이 넘는 세월 동안
이어져 오고 있다. 가끔 그녀와 밥을 먹고 차도 마시면서 이런저런
얘기를 나누곤 한다. 수녀님의 본명은 임영식이며 1953년에 부산
에서 태어났다. 부모님은 이북에서 내려오신 분이며 개신교 집안
이었다. 아버지 임윤기와 어머니 문윤정 사이 3남 2녀 중에서 둘째
딸로 태어났다. 개신교 집안이었는데 데레사여중과 여고를 다니면
서 가톨릭으로 귀의했다. 세례명은 수산나이고 축일은 8월 11일이
다. 수산나 성녀는 신약성서에 나오는데 예수님이 공생활을 하실
때 막달라 마리아 등과 함께 예수님을 따르며 도왔던 여인들 중의
한 분이다. 수산나 수녀님은 여러 소임 가운데 특히 사회복지와 봉

사에 관련된 일을 많이 해오셨다. 수녀님께 왜 수도자가 되었는지
여쭈었다.

"수녀님, 수녀원에 들어온 특별한 동기가 있으셨어요?"
"고등학교에서 영세를 받을 때부터
　수도자의 길을 걷고 싶었어.
　학교를 졸업하고 한동안 취직을 하기도 했지.
　형제들은 모두 결혼하고 나는 수도원으로 들어왔어.
　아마 부모님이 살아계셨으면 반대해서 어려웠을 거야.
　두 분이 돌아가시는 바람에 들어올 수 있었지."

"한국에 있는 가톨릭 수도회가 다양한데
　예수성심수녀원을 선택한 이유는 무엇인가요?"
"처음엔 대구의 샬트르 성 바오로 수도회에 가려고 했었어.
　아는 수녀도 있고 거기에 먼저 들어간 친구가 있었지.
　그런데 결국 예수성심전교수녀원으로 결정했어.
　복음을 전교하는 수도회의 정신이 마음에 들었고
　예수성심수녀원의 열린 태도에 끌렸던 것 같아.
　사실, 입회할 당시 부모님이 돌아가신 것 때문에 걱정했었어."

　그 당시 수산나 수녀님은 부모님이 돌아가신 점이 혹시 불리한
조건이 될 것은 아닌지 염려하였다. 그래서 데레사 원장 수녀님께

서동숙 안나 수녀, 김영숙 벨라뎃다 수녀, 임영식 수산나 수녀

조심스럽게 질문을 하였다.

"저는 부모님이 계시지 않은데 입회해도 될까요?"
"부모님이 돌아가신 것은 하느님의 뜻이고
하느님은 사랑이시기 때문에 아무 상관이 없습니다."

데레사 원장 수녀님의 이 말씀을 듣고 기쁜 마음으로 예수성심
수녀원에 입회하였다. 그때가 스물일곱 살이었고, 동기 수녀들은
여덟 명이었고 비슷한 나이 또래여서 행복한 수련 시기를 지냈다.
세월이 지난 후 수녀님의 가족들은 모두 가톨릭 신자가 되었다.

치매에 걸린 할머니와 알약 두 개

언젠가 수산나 수녀님의 얼굴이 아름답다는 말을 했더니

"이건 내 얼굴이 아니다."

라는 말을 했다. 오래도록 그 말이 기억에 남아 있다. 나라는 아상
(我相)을 내려놓는 것이 수도자의 길이라는 말로 들렸다. 나보다는
하느님을 먼저 생각하는 마음이 수도 생활의 기본이다. 나를 지우
면서 하느님을 드러내는 것이 수도자가 지향하는 삶이다. 나를 지
우는 삶! 그것은 현대의 자본주의 사회에서 개인들이 자신을 존중
하는 가치와는 반대로 가는 길이다. 그러나 깊이 들여다보면 더 큰
자아를 추구하는 길이다. 작은 내가 아닌 모든 인류를 사랑하는 나
로 거듭난다는 의미인 것이다.

수산나 수녀님은 수도 생활을 해오면서 사회복지 관련 일에 깊
은 관심을 가졌다. 수녀원에 들어온 이후 부산여자대학에 진학해
사회복지학을 전공했다. 노인 요양 시설의 할머니와 가난한 아이
들을 돌보고 섬기는 활동을 해오셨다. 최근에는 외국인 노동자들
의 힘든 삶을 돕고 계신다. 우리가 만나면 그런 활동에 관한 일을
얘기하곤 했다. 치매에 걸린 할머니들을 모실 때는 예기치 않은 일
이 많이 발생해 수습하느라 애를 먹었던 일도 있었다. 어느 할머니
가 이 병원에서 약을 처방받고 저 병원에서도 처방받은 후, 한꺼번

에 그 약들을 삼키는 바람에 건강이 갑자기 악화되어 혼이 난 이야기도 해주셨다.

수녀님이 대학에서 사회복지학을 전공하실 때, 새로 시작하는 공부가 어려웠지만 수녀님은 생기가 도는 듯했다. 어느 날 수녀님과 전화 통화를 했다.

"혜영아, 전공과목에서 A학점을 받았어!"

수녀님의 기쁨에 찬 목소리에 나도 덩달아 기뻤다. A학점을 받고 천진난만한 아이처럼 즐거워하시는 모습이 놀라웠다.

'수녀님도 A학점을 받으면 기분이 좋은가 보다.'

라는 생각이 들었다. 나도 모르게 수도자에 대한 어떤 환상을 가졌던 것 같다. 수녀님의 말을 듣고 수도자도 그냥 평범한 사람처럼 느껴졌다. 나이가 들어갈수록 성인이나 범부에 대한 차별 의식이 점점 사라진다. 요즘은 특별히 착한 사람도 없고 모든 사람들이 저마다 묵묵히 자신의 길을 가는 것이라 여겨진다. 이전에는 인간에게 관심을 집중했는데, 요즘은 생명이 있는 모든 것이 빛을 발하는 것으로 다가온다. 꿈틀거리는 쌀벌레도 베란다 구석에 거미줄을 친 거미도 최선을 다해 살아간다. 불교에서 말하는 '두두물물(頭頭物物)이 부처'라는 말이 새삼 의미심장하게 다가온다.

수녀님이 노인 요양 시설에서 봉사를 하실 때 경비가 필요했다. 놀랍게도 그녀는 하느님께서 적당할 때에 꼭 필요한 만큼의 금액을 채워주시는 기적을 체험했다. 언젠가 20만 원이 필요했는데, 정말 1원도 안 틀리는 액수가 통장에 입금된 것을 보고 많이 놀랐다. 냉장고가 필요하면 자연스레 냉장고가 마련되는 것을 보면서, 하느님은 남을 위해 작은 일을 하면 무수한 천사들을 통해 도와주심을 확연하게 깨달았다. 여름에 비가 갑자기 많이 내려 요양 시설 지붕이 새었다. 수녀님은 수리 비용을 혼자 고민하고 있었다. 그런데 가톨릭 신자 한 분이 오셔서, 자신의 칠순 잔치 비용을 흔쾌히 수리 비용으로 결제해주었다. 그때 수녀님은 하느님이 언제나 함께하신다는 확신을 가지게 되었다. 그리고 치매에 걸려 고생하시던 할머니들이 하늘나라에 가신 후에 수녀님을 직접 도와주시는 것 같다고 말씀하셨다.

'하느님은 어디에 계시는 건가?'
'왜 저렇게 가난한 사람들을 버려두시나?'

이런 의심을 했는데 지금은 생각이 바뀌었다. 나 자신이 예수처럼, 부처처럼 진리를 추구하면서 그들을 돕는 존재가 되어야 한다. 그것이 힘이 들고 고통스러워도 기꺼운 마음으로 수용할 때 내가 변화된다. 그것을 머리로 아는데 일상에서 실천하기가 쉽지 않다. 어떤 상황에서는 짜증이 올라오고 갑자기 미움이나 분노에 휩싸인다. 마음의 평화가 얼마나 소중한 것인지 새삼 느껴진다. 영원한 평화를 누리는 것이 천국일 것이다. 어느 곳에 있어도 기쁨이 넘치는 삶으로 가꾸는 것이 중요하다.

작은 길의 영성

가을이 깊어가는 해운대 바닷가에서 수산나 수녀님을 만났다. 오랜만에 뵙는 수녀님은 아이에게 주라고 예쁜 초콜릿을 선물로 들고 오셨다. 2020년 올해가 벌써 수도 생활하신 지 40년이라고 하신다. 수행자는 나이가 들어가면 향기가 은은히 풍겨난다. 담백하게 차별 없이 사람을 대하는 태도가 자연스레 몸에 익은 느낌이 난다. 사람들은 알게 모르게 내 편, 남의 편을 가른다든지 저마다 편견에 사로잡힌다. 자신의 가치를 인정받아야 하고 때로는 상대를 무시하는 시선을 보이기도 한다. 나는 특별한 존재이기에 귀하게 대접받아야 한다는 의식이 누구에게나 스며 있다. 긍정적으로 생각하면 자존감을 높이는 것이지만 허상인지도 모른다.

"수녀님, 수도 생활에서 가장 중요한 것은 무엇인가요?"
"하느님의 사랑 안에서
　나와 이웃들이 더불어 행복하게 사는 게 중요하지."

"수녀로서 가장 기억에 남는 추억은 어떤 건가요?"
"사회복지 활동을 하면서

가난한 이웃들과 함께 할 때 가장 행복했어.

나눔을 하면 깨닫게 되는 것이 있어

그 가난한 이웃이 바로 예수님이라는 것을 자각하게 돼."

수산나 수녀님은 가난하거나 힘든 사람들과 함께하는 것 자체가 큰 기쁨이라고 하셨다. 그들을 도와주고 그들이 행복한 것이 수녀님의 행복이다. 겸손한 마음에서 하신 말씀인지 스스로의 느낌을 말하는 것인지 잘 모르지만, 그녀가 하는 게 아니라 예수님이 하신다는 말씀을 하셨다. 문득 나는 불교에 나오는 지장보살이 생각났다. 그분은 세상의 모든 지옥 중생을 구제하려는 원대한 서원을 세운 보살이다. 종교는 다르지만 부처와 중생이 둘이 아니라는 사상처럼, 수녀님은 힘든 사람들의 삶에서 예수님을 찾아다니며 은밀한 기쁨을 누리신다. 수녀님의 말은 인터뷰를 위해 준비된 말이 아니라, 내면에서 우러나는 기쁨이 담겨 있었다.

수녀님은 휴대폰에 저장된 아이의 사진을 보여주는데 마치 할머니가 친손자를 자랑하는 것 같았다. 갈 곳이 마땅찮은 여인이 해산하는 것을 도와주었고, 그 아기가 수녀님을 알아보는 눈빛이 너무 사랑스럽다고 했다. 혈육이나 이해관계를 떠나 순수하게 사랑하는 행위에서 나오는 기쁨이 전해졌다.

"혜영아, 정이란 게 참 무서워.

 갓난아기 때부터 이 아이를 보았더니 정말 사랑스러워."

수녀님은 돈이 넉넉하지 않다. 그럼에도 그 아기의 백일잔치를 멋지게 해준 사진과 영상을 보여주는데 감동이었다. 마치 자신의 아이인 것처럼 온갖 정성을 기울인 모습을 보니 문득 나 자신을 반성하게 되었다. 고통에 처한 사람들을 대할 때 동정심이 가지만 이기심이 발동해 회피하고 싶을 때도 많았다. 그것이 가까운 가족이나 친척일 경우에는

'왜 우리에게 이런 일이 일어나는가?'

이런저런 생각들이 올라오면서 불만과 불평이 터져 나오기도 한다. 수녀님의 맑은 목소리를 듣고 봉사에 시간을 할애하지 않은 나 자신을 되돌아본다. 자본주의적 가치와 효율이 중시되는 현대사회에서 봉사의 의미가 새롭게 피어나야 한다. 물론 작은 봉사를 하기도 했지만 나 자신의 일과 집안일에 치여 살아온 때가 많았다.

수녀님은 최근에는 외국인 노동자들을 위한 봉사 활동을 하신다. 돈을 벌기 위해 베트남, 스리랑카, 필리핀, 인도네시아 등에서 한국으로 와서 힘들고 고된 일을 하는 그들의 노동 환경은 상당히 열악하다. 불법체류자가 되어 불안에 떠는 사람도 있고 심지어 그들의 그러한 상황을 악용해 아주 낮은 임금을 주며 착취하는 사례

도 많다. 한국 경제가 세계 10위권에 들어갔으니 난민이나 이주 노동자들의 인권에도 보다 섬세한 관심을 기울일 필요가 있다.

수녀님은 외국인 노동자들의 복지를 위해서 애를 많이 썼다. 문화 프로그램을 운영하면서 그들에게 한복 입히기, 김치와 유과 만들기, 베트남 샤브샤브 요리하기 등을 해왔다. 한국 남성과 결혼한 다문화 가정의 여성을 위해 김밥 만들기 행사도 개최했다. 그들에게 세례를 주고 그들이 아플 때는 병원 방문에 동참하신다. 수녀님은 해산한 여인에게 미역국을 듬뿍 끓여 먹일 수 있어 행복하다고 말씀하였다.

최근에는 그들이 한국에 와서 일만 하느라 여행을 거의 못 했다기에 단체로 용인 에버랜드와 전주 한옥마을을 다녀왔다. 일행 중의 한 여성이 여행 경비로 단지 2만 원을 남편에게서 받아 왔다. 그녀가 천 원짜리 반지를 사는 것을 보니 수녀님은 마음이 아팠다. 아이들이 장난감처럼 끼는 반지를 낀 외국인 여성이 안타까웠다. 다른 여성이 2만 원짜리 묵주반지를 사는 것을 보고 그녀는 몹시 부러워했다. 그때 수녀님은 만 원을 꺼내 그녀에게 그 반지를 사라 했더니 너무 행복해했다고 한다. 돈의 가치가 사회적 계층에 따라 엄청 차이가 난다는 것을 실감한 경험이었다고 말씀하셨다.

한국에서의 체류 기간이 끝나 베트남이나 고국으로 돌아간 여성들에게 한국의 옷이나 신신파스를 보내주면 너무나 고마워한다고 한다.

"봉사할 때 오는 기쁨은 무한해.
  베트남으로 간 아기에게
  손수 옷을 사 입힐 때의 행복은 엄청나더라."

피가 섞이지 않아도 사랑을 베풀 때는 순수한 기쁨이 피어난다고 하셨다.

"수녀님은 복음이 지향하는 사랑의 실천에
  많이 다가가신 것 같아요."
"수도자니까 당연히 해야 하는 일이지."

수도 생활에서 수산나 수녀님에게 가장 의미 있는 일은 아무런 편견 없이 사회봉사 활동을 하는 것이다. 복음 가운데 '첫째 하느님을 사랑하고, 둘째 이웃을 내 몸과 같이 사랑하라'는 예수님의 말씀을 체화하는 삶을 지향하신다. 그러면서 순명 정신을 따라 주어지는 임무에 최선을 다하는 삶을 산다고 하셨다.

"수녀님, 그런 일을 하면서 힘들지 않나요?"
"별로 큰 어려움을 느끼지 않았어.
  설사 힘들다 할지라도
  그냥 묻어가는 마음으로 생활했는데
  그것이 은총이었음을 알았어."

몸이 아픈 외국인 노동자에게 돼지 갈비뼈를 고아 먹이고, 길을 가다가 만난 소년이 팔이 아픈 것을 발견해서 돌보아주신 이야기도 했다. 착한 사마리아 사람처럼 거리에서 만난 가난한 예수들을 돌보아주신다. 신약 성서에서 예수님을 따라 다니며 복음을 실천했던 소박한 여인들처럼 살아가는 수녀님이 건강하시길 기도한다.

"앞으로의 수도 생활은 어떻게 하실 계획인가요?"
"이제는 건강 관리를 잘하면서
 조용히 살다가
 하느님 나라로 가고 싶어."

이 글에서 수녀님의 좋은 면만을 주로 소개한다. 일상 안에서 직접 부딪히면서 살아본 사람들은 어쩌면 수녀님에게 부정적인 측면을 발견할 수도 있다. 단점이라든지 결점은 상대적인 것이다. 그러나 우리가 우정을 나누고 관계를 이어나가는 것은 단점을 이해하려 애쓰고 좋은 점을 기억하려는 노력이다. 그것이 어렵다는 것을 우리는 잘 안다. 드러내지 않고 묵묵히 수녀의 길을 걸어가는 수산나 수녀님의 에너지는 맑고 깊다. 어쩌면 이런 삶을 사시는 분들의 조용한 기도 덕분에 우리가 평화롭게 사는지도 모른다.

하얀 옷을 입은 천사, 안나 수녀

1986년 어느 봄밤이었다. 그 무렵 나는 예수성심전교수녀원의 기숙사에 머물렀고 대학 2학년 때였다. 부산대학교 영어영문학과를 다녔지만 내가 원하던 대학도 희망하는 학과도 아니었다. 추위를 많이 탄다고 따뜻한 부산으로 가라고 어머니가 권유하셨다. 오빠가 사립대 대학원으로 진학하는 바람에 교육비가 부담스러워 국립대로 가라고 하신 것을 알기에 나는 순종했다. 그런데 그 선택이 내게 많은 시련을 가져다주었다. 그 당시 대학가는 온통 최루탄 냄새에 휩싸여 있었고 수업도 제대로 되지 않았다. 나는 하느님의 존재가 무엇인지 궁금했다. 어차피 나 자신은 불완전한 존재이기에 절대적 진리로 불리는 하느님의 근원이 무엇인지 혼자 깊이 고민했다.

그러던 어느 봄밤에 기숙사 복도를 지나가는데 저 멀리 흰 천사가 걸어오는 듯했다. 예비수녀들이 입던 하얀 옷을 입은 안나 수녀님이었다. 그 당시 여대생들을 관리하는 소임을 맡아 우리를 돌보고 있었다. 하얀 얼굴에 사슴 같은 커다란 눈이 신비로웠다. 왠지 슬퍼 보이는 눈빛으로 상대를 환하게 꿰뚫어보는 듯했다. 이 세상에서 대화를 나누었던 사람들 가운데 수녀님과 가장 깊은 대화를 했다. 상대방과 깊이 공감하고 스며드는 그 대화의 오묘함은 지금도 잊을 수 없다.

그 당시 나는 수녀님들이 기도하는 성당에 가서 명상하는 것을 아주 좋아했다. 가만히 기도에 집중하면 고요한 행복이 밀려왔다. 적성에 맞는 것 같았고 영문학과의 공부에도 흥미가 없었다. 왜냐하면 그 당시에 어느 교수님이 군사 독재에 반대하는 학생을 연구실로 불러 회유하고 협박했다는 얘기를 들었기 때문이다. 그 교수님 수업 시간에는 더욱 집중하기가 어려웠다. 수업 시간에 뒷자리에 앉아 소설을 읽거나 명상 서적을 읽었다. 솔직히 말하면 시국 사태에 침묵하는 교수들이 비겁해 보였다. 지금 생각해보면 한 가정을 책임진 교수가 독재 정권 아래에서 용감하게 정의를 외치는 것이 어려웠을 것이라 이해가 된다. 아무튼 나의 내면은 혼란스러웠고 제대로 방향을 잡지 못하고 방황했다.

그때 안나 수녀와 나누었던 대화 가운데 보석 같은 말씀이 있다. 그녀는 자신이 수도 생활에서 지향하는 목표가 하느님과의 온전한 일치라고 했다. 아마도 전교수녀원보다는 관상수도회나 봉쇄수도원이 그녀에게 더 적합하지 않나 싶다. 하느님과의 깊은 일

세례를 받을 때
서동숙 안나 수녀, 김혜영, 김정희

치에 대한 체험을 이렇게 고백하셨다.

"침묵의 기도 속에 잠기면
나는 사라지고 가만히 바라보는 경지에 도달하게 됩니다."

그 상태가 너무 좋아 온전히 머물고 싶다는 말씀을 하시곤 했다. 하느님과 일치를 이루게 되면 사랑 자체가 되는 신비한 경험을 알려주셨다. 그런데 수녀님의 심장이 약하다는 것을 나중에 알았다. 고통 받는 예수의 상처에 자신을 일치시키면서 성화되어가는 과정이었는지 모른다.

한번은 수녀님이 사무실에서 다림질을 하시면서 나의 흰 블라

우스를 정성껏 다려주셨다. 그때나 지금이나 덜렁거리는 성격이 있는 나는 그 옷을 아무렇게 두었다. 그랬더니 수녀님이 웃으시며 그것을 지적하던 기억이 난다. 유독 금정산을 좋아해 가을날에 우리들을 데리고 금정산 등반을 했던 기억이 스친다. 저 멀리 산등성이를 걸어가는 수녀님의 뒷모습을 촬영하기도 했다. 수녀님이 선물로 주신 성수를 담는 천사 조각품을 아직도 소중히 간직하고 있다. 누군가의 마음을 알아주는 것이 얼마나 어려운 일인가. 우리는 피상적으로 타자를 대하는 경우가 많다. 그러나 수녀님은 타자를 자신의 내면으로 깊숙이 사랑하는 에너지를 가진 신비로운 분이었다.

난 수녀님의 감화를 받아 가톨릭 영세를 받게 되었다. 수녀님은 내게 소화 데레사의 영성을 소개해주셨다. 스물네 살의 어린 나이에 돌아가셨지만 그 내면의 영적 성숙이 아주 깊었던 성녀이다. 예수님의 몸인 성체를 처음 모셨던 날, 새벽에 깨어나 겪은 체험은 아주 특이했다. 굳이 언어로 표현하자면, 무한한 사랑의 에너지로 빨려 들어가는 느낌이었다. 그것이 있은 후 내 발이 있는 쪽에서 환한 빛이 보였다. 그때의 체험은 예수님의 사랑에 대한 확신을 갖게 했다. 더 놀라운 점은 그것을 체험한 것을 안나 수녀님도 알고 있었다는 것이다. 새벽에 나 혼자 겪은 것인데 안나 수녀님이 이미 그것을 알고 있었다. 그처럼 그녀와 나눈 대화와 유대는 아주 깊었다. 그러나 안타깝게도 안나 수녀님은 몇 년 후 수녀원을 떠나셨다. 본명은 서동숙이고 이화여대를 나온 인재였다. 들리는 소문에

의하면 미국으로 떠났다는데 정말 그리운 분 가운데 한 분이다. 수녀님이 환속을 하셨어도 내게는 여전히 천사 같은 수녀님으로 내 마음속에 살아 있다. 지금쯤 아마도 할머니가 되었는지도 모르겠다. 그러나 지구별에 와서 만나기 어려운 사람 중의 한 분임을 나는 분명하게 알고 있다.

구도자는 끊임없이 길을 떠나는 자이다.
먼저 길을 떠난 자도 있고 앞으로 걸어올 자도 있다.

제2부

구도를 위한 길

쌍계사의 연꽃, 우담 스님

하얀 봉투

봄날, 초록이 온 대지를 감싸 안으면 문득 달려가고픈 곳이 하동이다. 쌍계사로 가는 길목의 아름드리 늘어선 벚꽃 나무들을 따라가면 이 지상이 극락 같다. 흰 꽃잎이 하롱하롱 흩날릴 때의 황홀은 어디에서 오는 것일까. 쌍계사는 벚꽃과 우담 스님을 떠올리게 한다. 벚꽃은 밤에도 아름다워 어둠 속에서 올려다보면 환하게 아래를 비춘다. 미련 없이 낙화하는 벚꽃을 보면 자유가 느껴진다.

작년 설날이었다. 전라도 광양의 시댁에서 떡국을 먹고 친정이 있는 진주로 가는 길에 쌍계사에 계신 우담 스님께 세배를 드리러 갔다. 겨울이라 벚꽃나무가 줄지어 서 있는 길이 한산했다. 봄날의 분홍빛 화사함은 보이지 않으나 차갑고 신비스런 기운이 벚꽃나무

쌍계사에서 차담을 나누는
우담 스님

에서 풍겨 나왔다. 쌍계사 대웅전에 들러 부처님께 절을 하고, 주
지스님의 방에 들어가 세배를 했다. 나는 아직도 절을 하는 모습이
엉거주춤하다. 몸과 마음에서 우러나는 절을 하는 분을 보면 경건
해진다.

언젠가 매일 아침마다 백팔배를 하는 작은언니가 절을 하는 것
이 몸에 좋은 이유를 설명해주었다.

"혜영아, 절을 하면 피부 미용에도 도움이 된다."

그때 귀가 솔깃해졌다.

"사람들이 서서 생활하니까
  머리로 피가 가는 데 어려움이 있어.
  절을 하면 머리로 피가 많이 가서
  기운이 잘 돌게 돼."

매일 기도하는 덕분인지 작은언니는 하루에 엄청난 일을 수행하는 에너지가 있다. 간호학과 교수여서 그런지 불교적 수행을 건강과 관련지어 설명하는 것이 흥미로웠다. 내 생각에도 언니의 말은 일리가 있어 보였다. 미술을 전공한 큰언니 역시 불교 신자인데, 아침마다 아주 정성스럽게 절을 하고 천수경을 외우신다. 불교에서 하는 절은 부처님께 귀의하는 의미를 지니고 자신의 몸을 낮추는 하심의 수행이다. 머리를 바닥에 대는 것은 지극한 겸손과 참회하는 마음을 닦는 것이다.

우리 가족은 우담 스님을 뵙고 세배를 했다. 절을 마치니 스님께서 세뱃돈을 주신다면서 흰 봉투 두 개를 꺼내셨다. 하나는 아들에게 주고 나머지 하나는 내게 주셨다.

"보살님은 언제 봐도
  애기 같아 세뱃돈을 준다."

라고 말씀하시면서 껄껄 웃으셨다. 나는 동심의 세계로 돌아간 듯 기뻤다. 스님이 차려주신 떡이랑 과일을 먹었다. 그때 스님께 들은 새해 덕담은 기억나지 않지만 그 행복했던 추억은 오랫동안 마음에 남아 있다.

가부장적인 전통이 남아 있는 한국에서 결혼한 여성들은 명절이 오면 대부분 명절증후군을 앓는다. 나 역시 시댁에 다녀오는 일이 부담스러울 때가 많았다. 그런데 스님은 그런 나의 마음 상태를 알아차리신 것 같았다. 그날 스님이 주신 세뱃돈 덕분에 나를 짓눌렀던 무거운 책임감과 의무에서 해방되는 기쁨을 누렸다.

슬픈 초상집을 방문하신 스님

우리는 살아가면서 가끔 주변 사람들의 부음을 듣지만 죽음은 멀리 있다고 생각한다. 이 세상에 툭 던져진 존재처럼 와서 갈 때는 수의 한 벌 입고 간다. 삶과 죽음이 둘이 아닐 것이라 여기며 스스로 위로한다. 그런데 죽음은 때때로 잔혹하다. 죽는 순간의 공포보다는 부재의 아픔 때문이다. 그리워도 볼 수 없고, 만질 수 없는 슬픔, 가끔 간절하게 듣고 싶은 목소리, 환하게 웃어주는 미소가 그립다. 죽음은 모든 것을 용서하기도 한다. 아버지가 간암으로 돌아가셨을 때,

'하느님께서 때가 되어
　아버지를 천국으로 데려가시는 것이겠지.
　천국으로 가시는 아버지를 의연하게 보내드려야지.'

이렇게 스스로 위로하며 마음을 다스렸지만 세월이 흐를수록 아버지의 부재는 큰 슬픔으로 남아 있다. 아버지의 성함은 김종태이시며, 1929년 7월 4일에 경남 사천에서 태어나셨다. 머리에 비녀를 꽂은 할머니는 단아하셨는데, 어릴 때 예쁘다고 이름을 '이고분'으로 지어주셨다고 한다. 아버지는 준수한 외모에 인품이 아주 훌륭하셨다. 평생을 교육자로 생활하시면서 가난한 학생들을 많이 도와주셨다. 교장 선생님이 된 후에는 경남의 낙후된 학교를 다니시면서 환경 개선 사업을 많이 하셨다. 너무 과로하셨는지 정년을 하신 후 1995년 4월 10일에 돌아가셨다. 지금도 친정에 가면 아버지가 받은 수많은 감사패가 진열되어 있다.

엘렉트라 콤플렉스인지 나는 아버지처럼 생긴 남자를 보면 왠지 마음이 끌리고 더 친절하게 대한다. 아버지는 미남이기도 했지만 어머니가 알뜰살뜰 뒷바라지를 해주셔서 늘 멋쟁이 같은 옷차림을 하고 다니셨다. 아주 어릴 때부터 언제나 나를 "우리 영아씨"라고 불러주셨다. 딸아이라고 함부로 대하는 모습을 한 번도 본 적이 없다. 그냥 "혜영아"라고 부르는 소리를 들어본 기억이 거의 없다. '우리'란 말은 얼마나 아름다운가!

크리스마스가 다가오면 아버지는 제일 먼저 우체국에 가서 카드를 잔뜩 사 오셨다. 아주 정성스럽게 한 분 한 분께 카드를 쓰셨다. 우리는 어깨 너머로 그런 아버지를 지켜보곤 했다. 어느 겨울날 방에서 책을 읽고 있었는데 아버지께서

"영아 씨, 가게에 가서 우표 좀 사다 주세요."

라고 말씀하시며 잔돈을 건네셨다. 한참 재미있게 책을 읽던 중이라 나는 고개를 가로저으며 가기 싫다고 했다.

"아버지가 심부름을 시키면 해야지,
　다 자란 딸이 그렇게 말을 안 들으면 되나?"

그 말씀을 듣고도 나는 가만히 있었다. 여전히 시큰둥하게 책만 보고 있었다. 시간이 조금 지난 후에 누군가 방문을 두드렸다. 아버지께서 환하게 웃으시며 들어오셨다.

"우리 영아 씨, 화났어요?
　아빠가 우체국 다녀왔다. 용돈 줄게."

청개구리 같은 딸에게 어쩜 저럴 수가 있을까. 잘못은 내가 했는데 사과는 아버지가 먼저 하셨다. 나는 하느님의 사랑을 아버지를 통해 배웠다. 성경의 복음도 좋고 신부님의 설교도 훌륭하지만

하느님에 대한 믿음은 아버지로부터 비롯되었다. 아무 잘못이 없어도 사랑 때문에 죄인이 되신 예수님의 마음을 아버지가 알게 해주셨다.

아버지가 돌아가시기 전날 밤에 꿈이 이상하여 친정으로 내려갔다. 아버지께서 돌아가실 것 같은 예감이 들었다. 아버지께서 오빠가 간호하느라 지쳤으니 그날 밤은 나보고 같이 잠을 자자고 하셨다. 고통 속에서 신음하다 종종 가래를 뱉느라 나를 깨우셨다. 그런데 나는 처음에는 간호를 하다가 나도 모르게 잠들었다. 아침에 깨어나 보니

"간호하라고 옆에서 자라했더니 너는 잠만 자더라."

라는 말씀을 하셨다. 죄송한 마음에 싱긋 웃으니까 가만히 바라보던 그 미소가 그립다. 벚꽃이 흩날리는 봄날이었다. 일요일 아침이라 모든 가족이 모였다. 아버지는 사슴처럼 고요한 눈빛으로 아주 평화로워 보였다. 사랑이 담긴 눈빛으로 우리를 한참 바라보시더니 고개를 들어 창문 쪽을 응시하셨다. 그 어떤 존재들과 마음의 대화를 나누는 듯했다. 아버지의 영혼은 떠났지만, 육체는 가쁜 숨을 쉬더니 서서히 그 숨결마저 잦아들었다.

영혼이 떠난 육체는 딱딱한 나무토막처럼 하얀 천에 감싸여 있었다. 곡을 하느라 우리는 누런 상복을 입고 울었다. 다섯 형제가 저마다 우는 소리가 달랐다. 얼굴을 많이 찡그리는 남동생, 콧등에

주름이 생기는 오빠, 수도꼭지처럼 눈물이 주르륵 떨어지는 큰언니, 우는 소리마저 씩씩한 작은언니, 우는 둥 마는 둥 우는 나는 셋째 딸이었다. 사실 내 모습은 기억이 나지 않는다. 나 자신을 볼 수 없었기에……. 우리는 함께 곡을 하며 울다가 한순간 일제히 웃음을 터트렸다. 어쩔 수 없이 순식간에 터져 나온 웃음이었다. 서로 우는 모습이 너무 우스웠던 것이다. 그러다 날벼락을 맞았다. 어머니가 아버지가 돌아가셨는데 웃는다고 얼마나 나무라시던지 혼이 났다. 인생은 울음 속에 웃음이 있고, 웃음 속에 울음이 있는 것임을 그때 알았다. 지극한 슬픔도 일어났다가 사라지고 행복이나 불행도 지나가는 바람일 수 있다.

그 다음날 초상집에 푸른 스님 한 분이 방문하셨다. 코가 높고 키도 큰 아주 멋지게 생긴 우담 스님이 오셨다. 회색 법복을 입은 스님 곁으로 우리는 둘러앉았다. 기어 다니던 아들이 호기심이 발동했는지 침대로 올라가 작은 손으로 스님의 까까머리를 만졌다. 슬픔에 젖어 있는 우리들에게 스님은 이런 말씀을 하셨다.

"상가 집에 가면
  더러 기운이 혼란스러운 경우도 있는데
  맑고 편안해서 좋습니다."

스님의 눈에는 우리가 보지 못하는 무엇이 보이는 것 같았다. 서양 사람처럼 시원하게 생긴 이목구비에서 풍겨 나오던 그 풋풋

한 기운이 아직도 눈에 선하다.

아버지는 기독교를 믿었지만 어머니가 불교 신자여서 고성 운흥사에서 49재를 지냈다. 7주 동안 아버지의 영혼을 위해 제사를 지내는 행사였다. 사람은 태어나는 것보다 죽는 일이 더 복잡하고 힘든 일이었다. 우담 스님께서 직접 49재를 지내주셨고, 아버지의 영혼은 극락에 간 것 같다고 어머니께서 말씀하셨다. 49재 마지막 날에 어머니가 꿈을 꾸었는데, 선녀 같은 옷을 입은 사람들이 와서 아버지의 관을 들고 하늘로 올라갔다고 하셨다.

49재를 마친 후 수고비를 우담 스님께 드리려 했는데, 스님이 받지 않으려 하는 바람에 어머니께서 애를 먹었다. 슬픈 초상집을 방문해주신 스님의 맑은 향기에 젖어, 우리는 죽음의 고통에서 조금 벗어날 수 있었다.

타인의 허물은 나의 허물

"악처가 남편을 성인군자로 만든다."

나는 종종 이런 말을 성격이 좋은 남자들을 만날 때 하곤 한다. 그러면 그분들은 환하게 웃는다. 결혼 생활을 하면서 겪는 어려움이 여자에게만 있는 것이 아니라 남성들도 많을 것이다. 서로 다른 배경에서 자란 두 남녀가 만나 한 공간에서 잘 지내려면 인내와 사랑 없이는 불가능하다. 소크라테스, 셰익스피어, 공자의 아내는 악처가 아니었을까? 셰익스피어가 유언장에서 부인에게 그 많은 재산 가운데 두 번째로 좋은 침대만을 유산으로 남긴 이유는 무엇일까? 소크라테스의 아내 역시 돈은 안 벌어다 주고 철학 이야기를 하며 돌아다니는 남편이 싫었을 것이다. 더구나 그 당시에는 남성들에게 어린 동성의 애인까지 있었다. 그것도 모자라 '악법도 법이다'라는 명언을 남기고 돌아가셨으니 이후 그녀의 삶은 얼마나 신산했을까.

'인류 역사에 출현한 성인들이
　아내로 인한 마음고생이 얼마나 심했으면
　그토록 심오한 진리를 깨달았겠는가?

이렇게 말하면 주변의 남성들은 위로받는 듯 미소를 짓는다. 사실 그 이면에서 억압받는 삶을 살아온 아내들은 훨씬 더 고달프고 힘겨웠을 것이다. 성인들의 공통된 특징은 타인의 허물을 자신의 탓으로 돌리는 데 있다. 아이가 공부를 못하면

"당신이 공부를 시키지 않아서 그래요."

라고 불만을 토로하기도 한다. 그러면 못 들은 척 회피하는 남편은 자신만의 동굴로 들어간다. 아이가 이빨이 아프다고 말하면

"아빠랑 둘이 몰래 라면을 먹어 나빠진 거야."

라고 남편 탓으로 돌리기도 한다. 남편의 귓속에는 투명 귀마개가 있는 듯하다. 한 귀로 듣고 다른 귀로 흘리는지, 무시하는 것인지 속을 알 수가 없다. 대부분의 가정이 사소한 일상의 일들로 갈등하고 애를 끓인다. 아내에게 월급을 갖다주기 싫어하는 남편도 더러 있다. 아내에게 모든 돈을 맡기는 남편은 아마 더 사랑받을 것이다. 간혹 속아 빈털터리가 되더라도 누군가에게 한없이 베푸는 그 마음은 보석이다.

가끔 남편에게 투정하고 잔소리를 하지만 나는 시댁과 남편을 우선적으로 생각하고 먼저 베푸는 마음을 내려고 노력한다. 생활비 등을 시댁에 매달 보내드려왔지만 상대적으로 친정에는 거의 신경을 쓰지 않은 편이다. 최근에 와서 어머니 병원비를 다섯 형제가 조금 나누어 낸다. 이런 나의 마음을 남편이 알아주었으면 하는데, 남편은 알아도 모르는 척한다. 자존심이 강한 성격이어서 그럴 것이다. 나의 장점이 있다면 먼저 사과를 하는 성격이라는 점이다. 부부 간에 갈등이 있을 때 그 긴장된 상황을 벗어나고자 먼저 화해를 청한다. 그래서 늘 지고 사는지도 모른다. 이것이 긍정적인 면도 있지만 오래 지속되면 상대방은 자신의 잘못을 합리화하는 방향으로 습관이 든다. 사실 아내든 남편이든 서로 먼저 사과하고 화해하려는 노력이 필요하다. 자신의 자존심만 고수하는 태도를 버리는 것이 좋다. 사랑은 낮아지고 배려하는 것이기 때문이다. 자존

심을 깊이 들여다보면 지나가는 허상일 따름이다.

흔히 자신의 잘못을 남의 탓으로 돌리는 것이 안 좋은 것이라고 한다. 그런데 그 이면을 들여다보면, 자아는 자기 비난에서 벗어나 약간의 안도감을 느끼는 측면도 있다. 자기 비난이 지나치게 강해지면 우울이나 좌절 혹은 자기학대로 이어질 수 있다. 보다 성숙한 자세는 자신의 잘못을 객관화시켜 관찰하는 것이다. 이미 벌어진 일에 대해 담담히 바라보면서 잘못한 것을 반성하고 개선시키는 쪽으로 마음을 바꾸는 게 바람직하다.

친정 식구들과 함께 가끔 고성 운홍사에 계신 우담 스님께 새해 인사를 드리러 갔었다. 녹차를 마시면서 이런저런 얘기를 나누며 마음이 훈훈해졌다. 그 후 봄이 찾아왔고, 스님은 주지 일을 그만두고 기도하러 가셨다는 말을 들었다. 한동안 어디 계신지 아는 분이 없다고 했다. 타인의 허물을 자신의 허물로 여기고 감싸는 스님의 넓은 마음이 생각났다. 살아 있는 언어는 천둥 같은 울림이 있다.

쌍계사의 연꽃

우담 스님은 쌍계사에 대한 사랑이 각별하시다.

"쌍계사에 벚꽃이 피면 극락정토인 것 같습니다."

라고 말씀하시던 스님의 눈빛은 유난히 반짝거렸다. 무심코 던지는 말 속에 쌍계사에 대한 진한 애정이 배어 있었다. 자연도 주인을 알아보는 법일까? 간혹 큰스님이 머물렀던 곳이나 위대한 문인들이 스쳐갔던 곳에는 그들의 향기가 남아 있는 듯하다. 사람의 기운이라는 게 참 묘하다. 같이 지낼 때는 몰라도 막상 떠난 뒤에는 허전한 느낌이 밀려든다.

"스님은 언제 출가하셨어요?"
"열아홉 살 때 영천 은해사에서 고산 큰스님을 만나 출가했지요.
사실은 열다섯 살 때에도 출가를 시도했지만
쌍계사에서 받아주지 않았습니다.
너무 어리다고 그랬던 것 같습니다.
열일곱 살 때 다시 쌍계사로 출가를 시도했지만
역시 이루지 못했지요."

"그럼 쌍계사로 세 번이나 출가를 하셨네요."
"그런 셈입니다.
아마 전생에 인연이 있는 절인 모양입니다."

우담 스님의 출가 이야기를 들으며 나는 문득 성녀 소화 데레사의 이야기가 떠올랐다. 가톨릭에는 수많은 성인 성녀가 계시는데, 그중에서 사람들로부터 가장 사랑을 많이 받는 성녀 중의 한 분이 소화 데레사이다. 그녀도 열다섯 살 때 가르멜 수녀원으로 출가하려 했지만 나이가 어려 거절당했다. 세월이 조금 지난 후에 입회하여 24세에 돌아가셨지만 위대한 성녀가 되었다. 스물넷의 앳된 얼굴로 돌아가신 후에 세계적으로 알려진 분이다. 돌아가신 후에 그분의 도움을 받은 분이 수없이 많았고 기적이 일어났다.

소화 데레사 성녀가 아름다운 얼굴을 지녔듯 우담 스님도 외모가 수려하시다. 언젠가 스님께서 법복을 갖추어 입고 법당에 앉아 계신 모습을 보고 어머니는 큰스님 앞에 앉아 있는 듯한 기분이 들었다고 하셨다. 불교에는 아름다운 용모로 태어나려면 복을 많이 지어야 한다는 이야기가 전해진다. 재미있는 일화가 있다. 우리 가족이 설날에 스님을 뵈러 가서 같이 식사를 하는데 스님께서 지나가는 농담처럼 이런 말씀을 하셨다.

"제가 중이 안 되었으면 무슨 일을 했을까요?"

그 말을 듣고 어머니께서 미소를 지으면서

"우리 스님은 아마 배우가 되었겠지요."

그때 우리는 한바탕 웃었다. 우담 스님께서 출가하게 된 동기에 대해 여쭈었다.

"스님은 왜 출가하셨어요?"
"사실은 스님이 될 마음은 별로 없었어요.
 아마 인연의 힘인 것 같습니다.
 그물에 고기가 걸려들듯
 제 운명이 그렇게 정해졌던 모양입니다."

그러면서 스님은 싱긋이 웃으셨다. 흔히 신부나 수녀는 특별히 하느님이 선택해야 될 수 있다고 한다. 자신의 의지보다 하느님의 이끄심이 있어야 무난하게 수도자로서의 삶을 살 수 있다. 반면 스님들은 전생에 스님 생활을 했던 분들이 계속 이어서 스님이 되는 길을 선택하는 경향이 있다고 하셨다.

언젠가 우담 스님은 전생에 스님의 삶을 여러 번 살았기에 목탁은 별 어려움 없이 잘 친다는 말씀을 하신 적이 있다. 주위 분들이 스님의 염불 소리가 깊고 그윽하다고 했다. 일제 때의 선사였던 만공 스님의 염불 목소리가 옥이 구르는 소리 같았다는 글을 읽은 적이 있다.

그 어떤 이유이건 구도를 향한 좁은 길에 들어서는 것은 축복이다. 가톨릭의 수도자들은 예수님을 남편처럼, 애인처럼 삼고 그 길을 따라간다. 평범한 사람들보다 더 큰 행복을 누리며 살아간다. 한편 스님들은 부처님을 존경하지만 사랑의 대상으로 여기는 것 같지는 않다. 오히려 부처가 되는 길을 찾는데 몰두하는 편이다. 한국 스님들에게 스승이 아주 중요하다. 가톨릭 신부님들은 나의 스승이 누구인지에 대해 별로 큰 의미를 두지 않는 반면에 스님들은 어느 스승 문하에서 도를 닦았는지가 중요한 것 같다. 역사적 전통이 다른 탓도 있을 것이다. 동양 사회가 혈족 중심의 문화가 강해서 종교에도 그러한 가치가 스며든 측면이 있다.

우담 스님은 고산 큰스님을 존경하고 친아버지처럼 생각하신다. 아주 어려서 절에 들어왔기 때문에 은사 겸 스승이라고 말씀하셨다. 스님의 방 안에 고산 큰스님과 함께 찍은 사진이 놓여 있었다.

"고산 큰스님은 다방면에 조예가 깊으시지요.
시도 잘 짓고 염불도 잘 하시니 놀랍습니다."

그러면서 덧붙이시길

"쌍계사 앞뜰에 핀 불두화와 목단도
고산 큰스님이 직접 가꾸신 것입니다."

사월 초파일 무렵 쌍계사에는 불두화가 아이보리 빛깔로 피어난다. 꽃 모양이 부처의 머리 모양을 닮아 불두화로 불린다. 수국처럼 작은 꽃들이 엉겨 붙어 둥근 형상을 이룬다. 몇 년 전에 신라대 이숙희 교수님과 함께 부산의 혜원정사에서 고산 큰스님을 뵌 적이 있다. 그 당시 스님은 칠십 대인데 얼굴이 맑고 몸도 정정하셨고, 엄격하면서도 섬세한 면모가 엿보였다.

미래 사회에는 강하면서 부드러운 사람이 폭넓은 신망을 얻을 것이다. 멋진 수도자의 모습도 그럴 것이다. 남성과 여성으로 양분된 세계가 아니라 서로 스며들고 융합하는 시스템이 도래할 것이다. 신자들이 오면 손수 음식을 해 먹이거나 차를 타주는 수도자에게서 맑은 위로를 받는다. 현대인들은 거창한 설법이나 설교보다 삶 안에서 우러나는 따스한 배려에 목마르다.

도인이 되려면 특별한 재주가 없는 게 좋지요

우담 스님의 속가 이름은 김학노이며, 1956년에 경북 고령군 다산면에서 김홍식, 이갑석의 3남 1녀 가운데 장남으로 태어나셨다. 불교 재단 학교를 다니면서 자연스레 영향을 받아 열아홉 살에 출가하셨다. 스님은 평소 책 읽기를 좋아하고 운동도 즐겨하셨다. 평소에 스님은 '나는 촌사람'이라고 말씀하지만 왠지 모를 세련된 행동이 배어 있다. 대도시에 살다 보면 계산적이고 앞뒤를 재는 날렵한 기질이 발달하게 된다는 말도 있다. 머리 회전이 빠르고 이기적인 방식으로 앞서가는 것 같지만 주변 사람들의 마음을 무시하는 사람이 더러 있다.

나를 먼저 생각하면서 내 일을 우선시하고, 경쟁에서 이겨야 하는 현대인의 삶은 고단하다. 우담 스님 말씀처럼 자신의 삶에 만족하고 감사하면 좋지만 그렇지 못한 경우도 많다. 우리는 모두 소망하는 것이 이루어지기를 원한다. 그 꿈이 이루어지지 않을 때 좌절하고, 타인과 비교하며 느끼는 열등감과 불안이 우리를 힘들게 한다. 아무리 좋은 집에 살고 가족이 있어도 자기가 원하는 바를 이루지 못하면 불행하게 여긴다. 그래서 스님들이 축원을 할 때

"모든 중생들이 소원을 원만히 성취하게 해주십시오."

라고 기도하신다. 행복이라는 감정은 일시적으로 머물다 곧 사라져버린다. 무언가를 성취했을 때 잠시 기쁘지만 다시 새로운 욕망이 생겨난다. 그런 와중에 일상에서 여러 일들을 겪으며 갈등을 느낀다. 기쁨을 누리기도 하지만 짜증이나 불안 등에 사로잡힌다. 때로는 가까이 있는 사람들이 얄밉고 그들로부터 벗어나고 싶다. 나는 결혼을 했어도 행복한 느낌을 많이 갖지 못하는 편이었다. 가족 간의 사소한 갈등이 있었고, 한국 사회에서 여성에게 부가되는 돌봄 노동과 가사 노동에 지쳐 있었다.

"스님으로서 살아가는 것이 행복하세요?"

이렇게 물었더니 스님은 잠시 생각에 잠기시더니 천천히 입을 여셨다.

눈 내린 쌍계사에서의 우담 스님

"스님으로 살아가는 것이 행복하기보다는 다행스럽지요."
"왜 다행스럽게 생각하시나요?"
"수도자의 길을 걷게 된 것에 감사하는 마음입니다."

소탈한 스님의 말씀에 나도 행복한 기분이 들었다. 어떤 때 보면 스님은 참 무심(無心)하게 사는 분처럼 보였다. 일상의 사소한 것에 대해 집착하는 마음이 별로 없는 듯했다. 반면에 사람을 대할 때는 늘 조심스럽게 대하셨다. 스님 방에 예쁜 물건이 있어 호기심이 생겨 물어보면

"선물 받은 것인데 그 마음이 고마워 저렇게 두고 봅니다.
물건 자체에 대해서는 별로 큰 관심이 없습니다.

제 성격이 좀 덤덤합니다."

그렇게 말씀하시는 모습에서도 담담한 성품이 느껴진다. 스님은 맛이 좋은 차에 대해서도 별로 구분하지 않고 사람들이 오면 나누어주셨다. 부처님 오신 날에 큰 등을 다는 사람이라고 특별히 더 대우하지도 않았다. 자세히는 모르지만 시주 돈에도 크게 연연해하지 않으셨다. 그냥 담담히 사람들은 바라보며 그 마음을 헤아려 주시는 편이시다. 나는 좋은 일이나 물건을 대할 때 나를 우선시하고 집착하는 편이다. 좋아하는 분에게 선물을 준비할 때는 나도 모르게 예쁜 마음을 낸다. 사물이나 타인에 대해서도 무심한 마음을 갖지 못하고 평등심으로 대하지 못한다. 나의 감정이나 취향에 따라 편견을 갖거나 오해를 하는 면도 있다.

"도인이 되려면 특별한 재주가 없는 게 좋지요."

우담 스님은 특별히 자신의 취미를 추구하거나 호기심을 충족하려는 모습을 보이지 않았다. 자신에게 주어진 일에 묵묵히 최선을 다하시는 편이다. 심리적으로 부담을 주는 경우를 거의 보지 못했는데, 상대의 마음을 미리 알아차리는 예민함이 있었다. 인간관계는 상대적인 것이니까 스님에게 상처를 받은 분도 있을 수 있다. 사실, 우리가 주고받는 상처는 아주 친밀한 관계에서 발생하는 경우가 많기 때문이다. 일상에서 매일 접하는 사람이 더 큰 괴로움을 주는 까닭이다.

"스님의 수도 생활을 지탱하는 신념이나 철학이 있으세요?"
"저는 다만 최선을 다할 뿐입니다."

어찌 보면 이 세상에서 수도자들이 가장 큰 욕심쟁이가 아닐까. 그분들은 가장 중요한 것만을 선택해 자신의 것으로 체화시키려는 사람들이기 때문이다. 존재 자체와 합일하려는 원대한 목표를 지향하는 그들이 있기에 세상은 더 밝게 빛난다.

현실의 삶에 집착하는 중생에게 수도자는 영원한 가치를 일깨우는 산소 같은 존재이다. 그런데 스님도 불완전한 사람인지라 때로 실수를 행하는 사례가 있다. 모든 것을 버린다는 것이 결코 쉽지 않음을 알 수 있다. 모든 것을 버릴 수 없다면 차라리 모든 것을 가지고 갈 수 밖에 없다. 욕망의 불꽃을 따라 이리 저리 휘둘리는 삶에서 중심을 잡고 싶다. 그럴 때 든든한 바위 같은 우담 스님이 생각난다.

온유한 카리스마

우담 스님은 독특한 카리스마가 있다. 흔히 카리스마가 있다고 하면 뭔가 터프하고 결단력이 뛰어나고 지도력이 탁월한 사람일 거라 생각한다. 우담 스님에게는 온유하지만 엄격한 위엄이 느껴진다. 그러면서 사람의 마음을 꿰뚫어보는 혜안을 보여주신다. 마음 씀씀이가 마치 큰 칼을 휘두르듯 대범하면서 깊은 울림이 있다. 평소에 많은 말씀을 하시지 않고 가끔 싱긋이 웃으시는 편이다. 언제나 예의를 갖추면서 사람들을 그윽하게 배려하시는 매너를 지녔다. 스님을 존경하는 보살님들이 아주 많다고 들었다.

아버지가 돌아가신 후 어머니가 안타까운지 스님은 어머니 손을 꼬옥 잡아주셨다. 스님은 어머니 연배의 모든 할머니들을 대할 때 차별 없는 마음을 내신다. 젊었을 때는 어머니가 그립고 가족에 대해 애틋한 마음이 있었지만 세월이 흐르면서 가족이건 남이건 사람을 대하는 마음이 비슷비슷해졌다고 하셨다. 나는 스님을 만날 때 철없는 아이처럼 스스럼없이 다가가는 편이다. 하루는 스님께 첫사랑 얘기를 해달라고 졸랐다.

"스님은 첫사랑이 없으셨나요?"

이 물음에 스님이 멋쩍게 웃으시면서

"관세음보살이 나타나면 모를까, 아직까지 스님으로서의 삶 자체를 뒤흔들 만큼 매력적인 여자를 만나지 못했습니다. 어릴 때 아이들이 장난감을 좋아하다가 어른이 되면 보다 큰 것에 관심이 쏠립니다. 그렇듯 보다 원대한 목적에 관심이 끌리면 그 이외의 것들은 뒤로 물러나는 법입니다."

'아, 첫사랑이 없다니'

한편 실망스럽기도 했다. 정말인지 거짓말인지 나는 스님의 마음속을 들여다보지 못했다. 스님이 첫사랑이 없다 하시니 믿을 수밖에 없다. 나도 첫사랑이 있는 것 같기도 하고 없는 것 같기도 하다. 어떤 때는 내가 정말 남자를 사랑하는지 의심이 든다. 이성이라 해서 깊이 매혹되지는 않기 때문이다.

어쩌면 사람들은 자기 자신을 가장 사랑하는 것인지 모른다. 개인적인 차이가 있지만 여자보다 남자가 그런 경향이 더 강한 것 같다. 예술에서는 남녀 간의 장밋빛 사랑이 그려지지만 현실에서는 핏빛 얼룩과 상처가 남는 사례가 많다. 가끔 나를 정말로 사랑해주는 사람이 그립다. 우리는 사랑한다는 환상 속에 살고 있는 것은 아닐까. 아마 가장 순수한 사랑은 어머니의 사랑일 것이다. 그리고 스님은 조용하고 소박한 삶을 소중하게 생각하셨다.

"이렇게 혼탁한 세상에서는 유명해지는 것보다
   조용히 일상에 충실한 삶을 사는 것이 좋습니다."

라는 말씀을 하셨다. 최근에 유명 연예인들의 자살이 자주 일어나는 사례를 보면, 유명한 것과 행복이 비례하지 않음을 알 수 있다.

대중매체나 SNS의 발달로 인해 유명한 사람들은 시선의 감옥에 사로잡혀 있다. 그들은 사생활을 보호받지 못하는 경우도 있고 인터넷 댓글에 달리는 치명적인 글들은 비수나 다름없다. 우담 스님의 말씀을 정확히 이해하지 못하지만 지혜의 오묘함이 느껴진다. 지식으로 아는 것이 아니라 지혜 자체가 되는 불이(不二)의 경지는 일반적인 사고 체계와는 차이가 난다.

우담 스님은 쌍계사에 있으면 마음이 참 편안해진다는 말씀을 자주 하신다. 쌍계사에는 육조 혜능 대사의 전설이 전해져 내려온다. 혜능은 중국에서 선종의 꽃을 활짝 피우신 분이고 진감 국사는 쌍계사를 창건하신 분이다. 쌍계사의 산세를 높은 곳에 올라가서 내려다보면 연꽃의 형상으로 보인다. 녹차와 남도의 문화가 어우러진 하동 쌍계사에 계신 우담 스님은 푸른 대나무처럼 사신다. 푸르고 곧게 서 있는 대나무는 때로 부드럽게 휘어질 수 있는 여유를 품고 있다.

무쇠소를 뚫는 모기처럼

2020년 8월에는 유난히 비가 많이 내렸다. 오랜만에 쌍계사 주지 임무를 마치고 경남 하동군에 있는 용연사에 계시는 우담 스님을 찾아뵈었다. 용연사는 진주와 하동의 경계를 가르는 덕천강가에 위치해 있는 작은 암자인데 지형이 특이하다. 멀리서 보면 거북의 등을 닮았다. 하동 옥종면과 진주 수곡면 사이를 흐르는 덕천강은 옥종면의 개울을 따라 진주 남강으로 흘러간다. 그리고 그 강을 건너는 잠수교가 있다. 덕천강에 있는 작은 다리를 지나면 높은 벼랑이 나오고, 코가 우뚝 솟은 것 같은 벼락바위가 있다. 벼랑 뒤로 걸어가면 오래된 비석들이 서 있는데 조선 시대에 그 지역의 문인들이 와서 시를 짓기도 했다. 벼랑을 지나면 대웅전이 나오는데 풍광이 아주 독특하다. 우담 스님과 제자들이 함께 계실 때도 있고 공양주 보살이 기도를 하기도 한다.

오랜만에 찾아뵈었는데 우담 스님은 고산 큰스님과의 인연에 대해 말씀을 해주셨다. 우담 스님은 사춘기 때 꿈속에 가끔 어느 스님이 나타나 절 마당을 산책하는 모습을 종종 보곤 했다고 한다. 아마도 꿈속의 스님이 자신을 암시한 것 같았다고 한다. 처음 출가한 곳이 하동 쌍계사였는데 인연에 끌린 듯했고 그곳에서 고산 큰스님을 만났다. 그는 고산 큰스님에 대한 존경심이 아주 깊었다.

"저는 아무것도 아닙니다.
 우리 스님은 참으로 큰 스님이시지요.
 늘 부지런하시고 정원 가꾸기와 공양간 살림까지
 모르는 게 없는 분이십니다."

고산 큰스님은 불로 달군 칼 같았으며 그에게 나침반 같은 존재였다. 언젠가 고산 큰스님의 책인 『지리산의 무쇠소』를 읽은 기억이 난다. 무쇠소는 쇠로 만든 소를 의미한다. 무쇠소에 모기가 끊임없이 침을 꽂으면 언젠가 피를 빨 수 있듯이 끊임없이 정진하면 뜻을 이룰 수 있다. 이것이 그의 좌우명이며, 제자들에게 늘 강조한 말씀이다. 고산 큰스님은 강한 의지로 강사, 법사, 포교사, 율사 등의 책무를 원만히 수행해오셨다. 그 많은 일 가운데 하나도 제대로 하기가 쉽지 않다고 한다. 모기가 무쇠소를 뚫듯이 일심(一心)으로 전력을 기울이면 소원 성취가 이루어진다.

"스님은 제가 보기에 물욕이 없으신 것 같아요."

이렇게 말씀 드렸더니 허허 웃으시면서

"제가 여러 사람들을 겪어보니
  돈을 싫어하는 사람은 거의 없더군요.
  요즘은 애들도 돈을 좋아합디다."

돈은 생존을 위해 필요한 것이지만 돈에 집착하지는 않는다고 하셨다. 스님으로 살아가는 삶이 행복하다고 말씀하셨다. 다수의 스님들이 깊고 미묘한 행복감을 누리며 살아간다고 하셨다. 어떤 것과도 바꿀 수 없는 행복을 누리기 때문에 수행자의 길을 오롯이 가고 싶다고 하셨다. 잔잔한 미소와 함께 그런 말을 하시는 스님이 부러웠다.

만족할 줄 아는 것은 큰 복이다

동산 스님은 대나무에 돌이 부딪치는 소리에 깨쳤다. 평소에 죽순을 잘 드시는데도 그 이후에는 제자들에게 죽순을 못 먹게 하셨다. 참선의 세계에서 의식이 계속 흐르면 생사를 해결 못 한다. 나라는 주체도 참 마음에서 나오는 그림자일 따름이다. 서양의 학문은 합리와 이성적인 사유를 지향하는데, 선불교에서는 의식이 끊어진 자리를 찾아간다.

우담 스님은 사량 분별하는 것에는 한계가 있다고 강조하셨다. 나는 의식이 끊어진 자리를 체험하지 못했기에 그 말씀을 온전히 이해하기는 어려웠다. 그러나 그것이 진리임에는 틀림없다는 확신을 갖고 있다. 숭산 스님이 말씀하신 세계일화와 같은 경지임을 머리로라도 이해하니 그나마 다행으로 여긴다. 주체와 대상이라는 구별이 끊어진 자리니까 시간과 공간을 초월할 수 있으리란 생각이 든다. 이것 역시 엄청난 거리가 있는 것임을 안다. 화두를 참구하려면 뚝심이 필요하고 복력도 따라야 한다. 우담 스님이 운흥사에 계실 때 우연히 숭산 큰스님이 오셔서 '이 뭣고' 화두를 내려주셨던 이야기를 해주셨다.

부처님 돌아가신 이후에 정법 천 년, 상법 천 년이 지나고 지금은 말법 시대란 얘기를 들려주셨다. 부처님 태어나신 후 2020년을 기준으로, 불기 2564년이 지났으니 부처님의 고유한 가르침이 흐려질 수도 있다. 그러나 한국의 참선이 부처님 가르침의 원형을 가장 잘 보존하고 있다는 말이 있다. 말법 시대란 말은 초기의 순수한 의식이 혼탁해지고 이상한 종교 지도자들이 나타나 대중을 현혹할 수 있음을 말한다. 오탁악세가 되면 그릇된 견해가 수승해진다. 이러한 현상은 말법이 아닐지라도 사회 전체의 의식이 떨어지면 언제든 나타날 수 있다.

"스님의 소망은 무엇인지요?"
"그냥 스님이고 싶습니다."

라고 말씀하셨다. "그냥 스님이 되고 싶다"는 말을 들었을 때 잔잔한 감동이 밀려왔다. 쌍계사라는 큰 사찰의 주지를 세 번이나 하신 것도 어쩌면 알게 모르게 쌓은 공덕 때문일 것이다. 요즘은 사찰의 주지를 맡아도 종종 임기를 채우지 못하는 스님이 있다고 한다. 중간에 이런저런 불미스런 일이 생기는 사례가 더러 있다. 그러면서 주지라는 행정적 일이 아닌 깨달음에 대한 이야기를 해주셨다.

우담 스님은 명예에 대한 욕심을 내려놓는 것이 삶을 평화롭게 사는 데 도움이 된다고 하셨다. 스님은 TV나 방송에서 인터뷰 요청이 와도 거의 거절하셨다.

"온전하게 알아야 나설 수 있다."

라고 하시면서 어설프게 깨달은 척 행동하거나 자신을 함부로 드

러내는 것을 경계하셨다. 가끔 찾아뵈면 스님은 항상 보이지 않는 선을 긋고 계신 듯한 느낌을 받았다. 그 무엇에도 치우치지 않는 묘한 균형감이었다. 나는 깨달음의 상태가 어떠한 것인지 궁금해서 질문했다.

"예수님 말씀 중에,
하느님이 내 안에 계시고 내가 하느님 안에 있다는
합일의 얘기가 있는데 어떻게 생각하시는지요?"
"그것을 불교식으로 말하자면 법신의 차원인 것 같은데
정확하게 설명하기가 어렵네요.
참선의 관점에서는 의식이 흐르는 것은 수행이 아니라고 봅니다.
화두나 지관에서는 의식이 흐름을 멈추게 됩니다."

데카르트의 코기토인 '나는 생각한다 고로 존재한다'라는 사유와는 상당한 차이가 난다. 의식이 끊기는 곳에서 실상과 하나가 되는 경지 혹은 차원이 있다. 그것을 온전히 체험하지 않고는 설명할 길이 없기에 부처님은 연꽃을 들어보이셨다. '이 뭣고', '뜰 앞의 잣나무', '무(無)' 등과 같은 화두 일념의 세계를 증득해야 하는데, 그것의 지름길이 무엇인지 늘 궁금했다.

스님과의 대담이 거의 끝나갈 무렵에 스님은 인간의 욕망에 대해 말씀하셨다. 현대의 정신분석학자인 자크 라캉(Jacques Lacan)의 욕망 이론을 빌려오지 않더라도 스님은 욕망의 실상을 꿰뚫고 계셨다. 욕망은 끝이 없는 것이기에 마음에서부터 그 욕망을 해결해야 한다고 말씀하셨다. 욕망의 실체를 일단 깨달으면 다시는 똥통에 들어가지 말아야 한다.

불교의 '살생하지 마라'는 교리는 눈에 보이는 것이기에 상대적으로 지키기가 쉽다. 그러나 사음의 행위는 맛있는 음식에 보이지 않는 독을 넣는 것과 같다. 그래서 지키는 것이 굉장히 어려울 수 있다. 지나친 권력에 대한 욕망 역시 파탄에 이를 수 있기에 항상 스스로 경계하는 게 좋다. 눈에 보이는 것이든 보이지 않는 것이든 욕망은 끝없이 일어나기에 만족할 줄 아는 것이 큰 복이라고 말씀하셨다.

그리고 이것은 스님의 비밀인데, 즉 수행하는 기쁨은 그 모든 것보다 뛰어나 다른 길을 갈 수가 없다고 하셨다. 스님은 다시 태어나도 스님의 길을 갈 것이라고 하셨다. 마음의 변화는 누구에게

나 환희를 가져오기 때문이다. 그리고 마지막으로 제게 해주실 말을 여쭈니

"부처님께 귀의하라!"

는 말씀을 하셨다. 부처님의 깊고 오묘한 지혜를 생각하며 감사한 마음이 번졌다.

세계 4대 생불이라 불리던 숭산 스님

끝없는 길을 떠도는 새

유월이다. 정원에 핀 장미의 향기가 마음을 적신다. 여름이 걸어온다. 축축한 장맛비가 내린다. 우울한 회색빛 마음처럼 흐릿한 안개비 속을 걷는다. 왜 그토록 목말랐던 것일까? 잡힐 듯 잡히지 않는 것들…… 사랑이 그러했고, 하느님(神)이 그러했고, 마음 한구석에서 문득, 나를 사로잡는 것들…… 이 세상에 변하지 않는 것은 하나도 없다.

'하느님, 당신은 어디에 계시나요?'

이 질문은 방황이 심했던 이십 대 초반의 나를 사로잡은 화두였다. 1985년에 대학에 들어갔는데, 그 당시의 대학 풍경은 음산하고 무서운 살기 같은 게 느껴졌다. 5·18 민주화운동에서 죽은 영혼들이 부산대학교 캠퍼스를 떠돌아다니는 듯했다. 피 흘리는 광주 시민들의 사진이 수시로 보도블록 위의 가판대에 전시되었다. 도서관도 텅 비어 있었다. 매캐한 최루탄 가스에 코끝이 따가웠고 눈이 시렸다. 축제 때가 되면 나무 그늘 아래 막걸리 잔치판이 열렸다. 김지하 시인이 쓴 시에 곡을 입힌 〈타는 목마름으로〉이란 노래가 입에서 끊이지 않았다. 학교 건물 옥상에서 민주주의를 외치며 뛰어내린 청춘도 있었다. 어느 날 보이지 않는 한 남학생이 어딘가로 잡혀갔다는 소문이 떠돌았다. 독재 정권의 폭력이 공포스러웠고, 늘 감시당하는 묘한 기분이 드는 대학 시절이었다.

아마 지금의 나였더라면 데모하는 학생들 틈에 섞여 돌을 던졌을 것이다. 하지만 그때 나는 운동권 학생들의 행진에 동참하지 않았다. 나를 사로잡은 것은 불안이었다. 하느님을 찾고픈 열망이었다. 미리내 골짜기를 혼자 무작정 걸어 다녔다. 혼돈과 방황으로 치달았던 대학 풍경은 1980년대의 전형적인 모습이다. 나는 불안에 사로잡혀 생을 포기하고픈 충동도 자주 느꼈다. 그 무엇도 기대할 수 없고 무엇을 해야 할지 모른 채 방향 감각을 상실했다. 대학을 다니는 것도 무의미했다. 정치적 혼란 속에서 아무 대책 없이 끌려다니던 나약한 영혼이었다. 목청껏 정의를 부르짖으며 뛰어들 용기도 없이 스산한 공간을 정처 없이 떠돌았다.

대학 생활에 대한 회의 때문에 괴로워하다 몸을 다쳐 결국 휴학을 했다. 그 당시에는 살고 싶은 의지가 없었다. 집에서 조용히 내면을 들여다보는 시간을 가졌다. 사람들도 거의 만나지 않았다. 가끔 성철 스님의『선문정로』,『산은 산 물은 물』,『자기를 바로 봅시다』를 읽었다.

'삼천 배를 하면 만나준다는데
성철 스님을 친견하러 가야산 백련암으로 갈까?'

이런 생각을 했지만 실행에 옮기지 못했다. 기껏 백련암에 전화를 걸어본 기억만 남아 있다. 성철 스님은 이 세계 자체가 완전한 극락이요, 화엄의 세계라고 말씀하셨다. 군부 독재의 시대를 견디는 중생에게 희망을 주기 위한 스님의 메시지로 다가왔다. 괴로운 사람들이 많은 시대여서 비유로 하시는 말씀으로 여겼다. 그런데 세월이 지날수록 성철 스님의 법문이 내 영혼을 파고들었다. 지금도 가끔 그분의 글을 읽는다. 심오한 통찰과 깊이를 지닌 사유는 거의 독보적인 경지이다. 서양의 그 어떤 심오한 사상이나 철학보다 힘이 있다.

어떤 것에 대해 애정 어린 관심을 갖게 되는 데는 많은 시간이 걸린다. 성철 스님의 분명하고 단순한 화법에 매료되었지만 선뜻 불교에 다가가지 못했다. 그러던 내가 불교책을 닥치는 대로 읽게 된 계기는 오히려 영문학 박사 학위를 받고 난 이후였다. 대학 입학 시험을 친 뒤에는 기독교에 심취하여 주위에서 말릴 정도였다.

모든 노력을 기울여 박사 학위 논문을 마친 후에 내 마음은 공허했다. 갑자기 모든 것이 허무하게 느껴졌다. 그 숱한 지식과 언어의 산물들이 공허한 울림으로 다가왔다. 그 당시에 지성이 가지는 한계를 절감했다. 더 이상 언어를 통해 듣고 말하는 세계에 대하여 별다른 매력을 느낄 수 없었다. 아마도 나를 매료시킬 탁월한 지성이나 가치를 발견하지 못한 탓도 있을 것이다.

그러다 우연히 집어 든 책이 현각 스님의 『만행, 하버드에서 화계사까지』였다. 우선 미국에서 건너온 현각 스님의 불교에 대한 객관적인 시선이 마음에 들었다. 인류 역사에서 기독교가 저질렀던 과오에 대한 예리한 통찰이 담겨 있었고, 근원을 향한 치열한 구도 정신이 감동적이었다. 그 가운데 나를 후려친 것은 숭산 스님의 법문이었다. 끝없는 길을 찾아 떠돌던 새의 가슴에 경이로운 화살이 꽂혔다. 새로운 진리의 길을 찾고픈 욕망에 불이 켜졌다.

언어의 무게가 다른 이유

언어에는 저마다 무게가 있다. 사랑하는 연인 사이에는 외설적인 말조차 가벼운 농담처럼 들릴 때가 있다. 누군가 나를 아껴주는 말을 해주는 데도 기분이 나빠질 때가 있다. 마음을 움직이는 언어가 갖는 묘한 힘이 있다. 위선적인 말을 하는 사람을 보면 교활한 뱀이 연상된다.

참선을 지도하시는 숭산 큰스님

　하느님의 사랑을 외치면서 눈앞에 있는 사람에게 치명적인 상처를 안겨주는 경우가 있다. 부처의 자비를 외치면서 물욕이 가득한 사람을 보면 언어의 무게가 어디에 있는지 궁금하다. 내가 말을 할 때는 어떤 향기가 날까? 그 말은 얼마만큼의 무게를 지닐까? 자신은 좋은 사람이 아니라 말하지만 따스함을 건네는 사람들은 묘한 매력을 지녔다.

　숭산 스님의 언어는 내게 엄청난 무게로 다가왔다. 현각 스님의 『만행, 하버드에서 화계까지』에서 인용된 다음의 구절에 특히 충격을 받았다. 제자들과 질문을 주고받으면서 스님의 지혜를 드러내는 부분이다.

　　"큰스님은 형식에 집착하고 계시군요."

"그러고 보니 우리 법사님은 무형식에 집착하고 계시군요."

두 분의 질문과 대답으로 법당 분위기는 다시 싸늘해졌다. 법당 안에 있던 사람들은 대충 이쯤에서 지도 법사님이 고집을 꺾으시리라 생각했다. 그런데 법사님은 막무가내였다.

"큰스님께서 강조하는 전통은 그저 오래된 한국 스타일에 불과합니다. 그건 미국에서는 나이에 상관없이 먼저 온 사람이 앞자리에 앉습니다. 우리는 우리 문화에 걸맞는 수행문화를 만들어야 한다고 생각합니다."

큰스님은 손을 훼훼 내저으셨다.

"이건 한국도, 불교 전통도 아닙니다. 그저 자연법칙입니다. 숲에 한번 가보세요. 큰 나무도 있고 작은 나무도 있지요? 큰 나무는 키가 커서 햇빛도 잘 받고 빗물도 잘 받습니다. 뿌리도 크고 단단합니다. 하지만 어린 나무들은 이 큰 나무들에 가려 햇빛도 별로 못 받고 비도 흠뻑 못 맞습니다. 뿌리는 작을 수밖에 없지요. 그러나 오랜 시간이 흐르면 이 어린 나무들이 점점 자랍니다. 열심히 살려고 몸부림치기 때문에 더 강해지지요. 동양 전통도, 한국 전통도, 불교 전통도 아닙니다. 알겠습니까?"

그제서야 법사님 입에서 "예"라는 말이 나왔다.

그는 머리 숙여 깊이 절한 뒤 큰스님 말씀대로 앞줄에 가 앉았다. 큰스님은 아무 일도 없었다는 듯 법문을 시작하였다.

—『만행, 하버드에서 화계사까지』, 201쪽

나는 이 구절을 읽고 '언어의 무게'를 실감했다. 제자를 가르치는 숭산 스님의 지혜로운 말씀이 나에게는 성서에서 예수님이 비유를 들어 제자를 가르치는 것처럼 느껴졌다. 내가 만약 숭산 스님의 입장이었다면 저 상황에서 어떤 말을 했을까? 과연 나도 저토록 향기로운 가르침을 펼 수가 있을까? 빛나는 황금 화살이 내 심장을 꿰뚫는 느낌이었다. 이러한 느낌은 주관적인 것이지만 충격이 컸다.

그 순간 저렇게 위대한 분과 동시대에 살고 있다는 것이 영광스럽게 느껴졌다. 기회가 닿으면 꼭 한번 찾아뵙고 싶은 마음이 타올랐다. 우선 스님을 뵙기 전에 그분의 저서부터 더 읽고 싶어 서점과 도서관을 뒤졌는데 없었다. 화엄사나 큰 절의 책방도 둘러보았지만 구할 수가 없었다. 그래서 숭산 스님께 직접 편지를 썼다. 편지를 보내긴 했지만 답장을 기대하지는 않았다. 그런데 며칠 후 소포가 도착했다는 경비실 아저씨의 전화를 받았다. 경비실에 내려가 보니 숭산 스님께서 직접 보낸 선물이 도착해 있었다. 그 순간 아이처럼 기뻤다. 전혀 예상하지 않았는데 뜻밖에 찾아온 행운이었다. 초등학교 다닐 무렵, 그토록 갖고 싶었던 피아노를 아버지가 사주셨을 때가 떠올랐다. 집으로 가는 골목에 울려 퍼지던 피아노 소리를 처음 듣고 마구 달려갔었다. 숭산 스님의 언어에는 지혜의 향기가 담겨 있었다. 그 깊이 있는 울림이 나를 변화시켰다.

이 순간, 이 자리에서

나는 기뻐 춤을 추면서 선물 포장을 뜯었다. 스님의 법어집『산은 푸르고 물은 흘러간다』가 들어 있었다. '산은 푸르고 물은 흘러간다.' 너무 당연한 말인데 왜 이런 제목을 붙였을까? 궁금했다. 책의 표지를 넘겼다. 맨 앞쪽의 하얀 종이에 스님께서 한문으로 손수 쓰신 시가 적혀 있었다. 약간 흘려 쓴 글씨체의 시가 내림쓰기로 쓰여 운치가 있었다. '옛날 조선시대 선비들도 이렇게 시를 주고받았을 거야'라는 생각이 스쳤다. 스님께서 직접 써주신 시는 아래와 같다.

青山自不動 白雲自去來
雲山本空動 四五是二十
청산자부동 백운자거래
운산본공동 사오시이십

庚辰 二月 二十四日
경진 이월 이십사일
崇山 拜
숭산 배

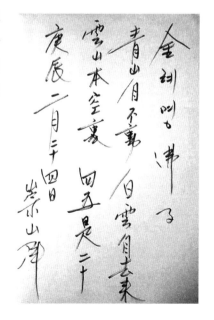

『산은 푸르고 물은 흘러간다』 책의 흰 종이에 스님이 손수 쓰신 한시가 멋있지만 무슨 뜻인지 나는 정확히 알 수 없었다. 아마도 숭산 스님이 지은 선시(禪詩) 같았다. 이것을 한글로 번역하면 다음과 같다.

> 청산은 스스로 움직이지 않고
> 흰 구름은 스스로 오고 가네
> 운산은 본래 움직임이 없고
> 사 곱하기 오는 이십이라네

선시를 겨우 해석했지만 그 깊은 뜻을 알 수 없었다. 특히 결구 부분이 특이했다. 굳이 시적으로 해석하자면 1연과 2연에서는 자연에 대해 담담하게 객관적으로 묘사하고, 3연에서는 화자의 의식 세계가 반영되어 있다. 실제로 구름이 덮인 산은 바람에 따라 다른 모습을 보이는데, 화자는 움직임이 없다고 말하면서 역설의 세계를 펼친다. 그리고 결구에서는 뜻밖에 "$4 \times 5 = 20$"이라는 구구단으로 끝을 맺는다. 이 시를 읽고 참 의아했다. 왜 이런 결구를 달았을까? 머리로는 이해가 안 되는 세계임이 틀림없다.

사실 스님께 이 시를 받은 지 꽤 많은 시간이 지났지만 아직까지도 모르겠다. 내가 모른다고 말씀드리니 큰스님은 "오직 모를 뿐!"이란 것을 간직하라고 하셨다. 참선을 하지 않을 수 없게 만드는 시였다. 책 안에는 선시와 엽서 한 장이 함께 있었다.

가택 평안하옵고

그간이라도 집 아이 모두 평안하시오소서.

기도하고 계신다니 감사하나이다.

보내주신 내의와 서신을 감사히 잘 받았습니다.

사람이란 원래가 자유인이니 정진을 잘 하면

자유인이 되옵니다.

내내 건승하시고 소원 성취하옵고

대원을 모두 성취하시옵기 비옵나이다.

숭산 합장

1999년 2월 24일

만년필로 흘려 쓰신 글씨체가 시원시원한 느낌이 들었다. 내 눈길을 끄는 대목은 "사람은 원래가 자유인이니 정진을 잘하면 자유인이 되옵니다"였다. 인간을 바라보는 관점이 기존의 사유와는 다른 점이 있었다. '인간의 본래 면목이 완전무결하다'라는 뜻이다. 기독교에서는 인간을 죄인으로 규정하고 그 죄를 사함받기 위해 예수라는 구세주에게 귀의하기를 요구한다. 어찌 보면 기독교와 불교는 그 출발점이 아주 상이하다고 볼 수 있다. 기독교에서는 근본적으로 신 중심의 세계관과 직선적인 시간관을 중시하는 반면에, 불교에서는 인간 중심이면서 순환적인 시간관과 윤회를 말하고 있다.

누구나 깨달으면 부처가 될 수 있다!

나는 언제부턴가 이 논리가 점점 매력적으로 와닿는다. 사실 성자와 죄인은 종이 한 장의 차이인지도 모른다. 왜냐하면 깨달음의 깊이가 깊을수록 죄인을 더 사랑하는 경지에 접근해 간다. 향기로운 죄인이 되고 싶다. 스스로 깨달은 척, 착한 척하지 않으면서 박하 향기를 풍기는 평범한 사람이 그립다. 가끔 깨달았노라, 예수를 믿어 구원받았노라 외치는 사람들에게 거부감을 느낄 때가 있다. 보이지 않는 곳에서 풀잎처럼 삶의 고난을 인내하는 사람들이 더 아름답게 보인다.

예수님이 이 세상에 태어나신 지 이천 년이 지났다. 이제는 조금 변해야 되지 않을까? 신에게 종속되고 매달리는 교리보다는 스스로 예수의 경지까지 오르는 것에 목적을 두어야 하지 않을까? 예수님처럼 세상을 바라보고 사람을 사랑하는 것이 인생의 궁극적 목적이라 여겨진다. 이름이 부처, 예수, 진리일 뿐이지 그 지극한 경지는 하나가 아닐까? 산의 정상을 오르는 길이 여러 가지가 있는 것처럼 진리에 도달하는 것도 그럴 것이다.

나는 무엇보다도 완전한 자유인이라는 말에 끌렸다. 대학 때부터 예수님을 믿어왔지만, 과연 나는 자유로운가? 과연 진정으로 구원받았는가? 여전히 고뇌하고 흔들리는 마음이 가득하다. 순간순간 자유롭고 행복해지고 싶은 영혼이지만 우울과 슬픔에 잠겨 있을 때가 많다. 먼 훗날 죽어서 가는 천국보다 이곳에서의 삶이 나를 더 무겁게 짓누르기 때문이다. 이 순간, 이 자리에서 해탈하고 싶다.

개 짖는 소리

숭산 스님의 가르침은 아주 단순하다. 개 짖는 소리, 물 흐르는 소리, 그 자체가 진리라고 설파하신다. 심지어 주장자를 들고 탁자를 탁! 한 번 내려치고 "활!"을 외치신 후, 모든 것이 이것 안에 있다고 말씀하신다.

탁자를 주장자로 치는 소리

탁!

그 단순한 진리에 나는 눈이 먼 것 같다. 두 눈을 부릅뜬 사자처럼 저 소리를 제대로 들어야 한다. 그 속에서 부처도 죽이고 예수도 죽여야 한다. 궁극적으로는 나 자신마저도 죽여야 한다. 죽이는 것은 선적인 비유인데, 직접적인 살인이 아니라 집착을 버리는 것을 의미한다. '마음을 내려놓아라!' 즉 방하착(放下着)을 말한다. 그리고 착득거(着得去)는 마음에 있는 모두를 그대로 지니고 떠나라는 말이다. 방하착과 착득거는 표면적으로는 상반되지만, 그 깊은 의미에서는 상통하는 말이다. 그 무엇에도 집착하지 말고 순간순간 최선을 다하는 마음을 강조한 것이다. 그래도 나는 그 진정한 의미를 여전히 모른다.

왜 산은 산이고 물은 물인가?

현대인의 삶에서 요구되는 것은 어쩌면 가장 단순한 삶인지도 모른다. 거미줄처럼 얽혀 있는 일상과 인간관계에서 욕망의 노예가 되기도 하고 우울증에 사로잡힌 나비가 되기도 한다. 내 안에서 끊임없이 일어나는 생각의 고리들……. 안정된 직장을 원하고, 자녀를 좋은 대학에 보내고 싶고, 그리고 제대로 인정받고픈 욕망 등으로 우리의 영혼은 야위어간다.

성철 스님은 '산은 산, 물은 물'이라는 사자후를 날리셨고, 숭산 스님은 '산은 푸르고 물은 흘러간다'라는 말씀을 하셨다. 눈이 전혀 열리지 않는 내가 '설거지를 하고 낮잠을 잔다'라는 엉뚱한 말을 한다면 틀림없이 주장자로 엄청 맞을 것이다. 바른 대답은 무엇일까. 『산은 푸르고 물은 흘러간다』의 뒤표지에 인용된 문구에는 개 짖는 소리가 왜 진리인지에 대한 힌트가 담겨 있다.

세계에는 종교도 많고 사상가도 많고 지식도 많다. 그래서 모든 종교가들 사상가들 지식쟁이들이 각기 자기 것이 옳다고 주장한다. 그런데 깨닫고 보면 성경만 진리이고 불경만이 진리인 게 아니라 개, 돼지, 소, 닭, 어느 것 하나 진리 아닌 것이 없다. 바람 소리, 물소리, 자동차 소리, 비행기 소리, 기차가 덜컹거리는 소리, 마차가 흔들리는 소리 — 이 모든 소리가 진리 아닌 것이 없다. 그러므로 옛사람들은 상여 나가는 소리를 듣고 인생을 깨쳤고, 어떤 스님은 청소하다가 주워 버린 돌멩이가 대나무에 부딪히는 소리를 듣고 도를 깨달았으며, 서산대사 같은 이는 닭 소리를 듣고 발백심비백(髮白心非白)의 소식을 얻었다. 그러니 중요한 것은 깨닫는 것이다. 언제 어디에서나 자기의 입장과 처지를 분명히 깨닫고 자기가 하여야 할 일을 알면 그 사람이 도인이요, 철인이다.

이처럼 편협하지 않은 숭산 스님의 가르침은 합리적 사유에 길들여진 서구인들에게 법을 쉽게 전할 수 있었다. 나 역시 단순한 가르침에 목말라한다. 대나무에 돌멩이가 부딪치는 소리에 도를 얻을 수 있다면, 그것은 분명히 최고의 경지일 것이다. 가까이에 있는 모든 존재가 진리 아닌 것이 없고, 나와 둘이 아니라는 완전한 일치를 체득해야 가능한 언어이다. 그 경지에 들어가지 않고 입을 열면 사기꾼이 되고 그릇된 말이 된다.

자비로운 성자

숭산 스님께서 보내주신 책을 읽고 여러 불교 서적을 탐독하던 어느 날 꿈을 꾸었다. 숭산 스님을 뵈러 화계사로 놀러 가는 꿈이었다. 날씨는 화창하고 절집에 붉은 꽃들이 환하게 피어 있고 스님을 친견하고 기뻐하는 모습이 보였다. 그 꿈을 꾼 후 숭산 스님이 돌아가시기 전에 꼭 한 번 찾아뵙고 싶었다. 그래서 화계사로 다시 편지를 보냈다. 숭산 스님의 상좌이신 미국인 무심 스님께서 답장을 보내주셨다. 그분의 배려로 화계사에서 숭산 스님을 친견했다.

1999년 7월 어느 날, 우리 가족은 미국인 윌린 클라이엇(Willene Clyatt) 선생님과 함께 서울 여행을 가기로 했다. 비행기를 예약했는데 폭풍이 온다는 일기예보가 들려왔다. 바람이 불고 비가 쏟아지기에 공항에 전화했더니 오전에 비행기가 뜨지 않는다고 했다. 오후에도 어찌 될지 모르는 상황이었다. 예약 시간이 다가오면서 불안했지만 우선 짐을 챙겨 공항으로 나갔다. 마침 우리가 탈 비행기부터 운행이 가능했다. 그래서 우리는 서울에 도착해 하룻밤을 묵고 그다음 날 아침에 화계사로 출발했다.

나는 급한 마음에 택시를 타자고 했는데 남편은 전철이 빠르다며 지하철을 타자고 했다. 그런데 지하철을 타보니 수유역까지는 꽤 먼 거리였다. 중간에 갈아타는 곳에서 시간을 허비하느라 거의 30분 정도 늦어버렸다. 중간에 미리 전화를 드렸지만 마음이 안절부절못했다.

드디어 화계사에 도착했다. 세계의 4대 생불이라 불리는 숭산 스님의 처소는 작고 아담한 한옥 별채였다. 작은 기와 문을 열고 들어서니 마루와 방이 딸린 집에 주석하고 계셨다. 무심 스님의 안내로 마침내 숭산 스님을 뵈었다. 한여름이었는데 방바닥이 따뜻했다. 아마도 큰스님의 건강이 좋지 않아 방을 데워놓은 것 같았다. 스님은 단아한 자세로 앉아 계셨다. 얼굴이 동안이어서 나이를 가늠할 수 없었다. 맑고 단아한 모습이 학을 연상시켰다. 우리가 늦은 것에 대해 별로 개의치 않는 표정이었다. 스님의 방 안에는 별다른 게 없었다. 가구도 거의 없고 벽장이 있고 작은 탁자와 방석이 있을 따름이었다. 절집의 소박함이 스님의 방에서 느껴졌다. 우리는 절을 하고 스님 곁에 도란도란 앉았다. 스님께서 아들에게 영어로 질문을 하셨다.

"몇 살이냐?"
"아홉 살입니다."

평소에는 장난꾸러기인 아들이 큰스님 앞에서는 양반다리를 하고 의젓하게 대답을 했다. 아이도 눈치가 있는지 점잖은 모습을 보였다.

"그놈 똑똑하다."

라고 하시며 웃으시더니 커다란 초콜릿 봉지를 선물하셨다. 외국산 초콜릿까지 준비해두신 스님의 섬세함에 놀랐다. 큰스님은 근엄한 분일 거라 상상했는데 나의 예상은 빗나갔다. 스님께서 나를 바라보시더니 다시 질문을 던지셨다.

"마음이 무엇입니까?"

"모르겠습니다."

나는 갑자기 받은 뜻밖의 질문에 당황했다. 무슨 대답을 해야 할지 몰랐다.

"모를 뿐인 그 마음을 알아야 한다."

그러면서 스님에 관한 두툼한 책을 벽장에서 꺼내어 주셨다. 아마 회갑 기념으로 제자들이 만들어 헌정한 책 같았다. 난 기뻤다. 스님의 책을 찾던 내 마음을 읽으시고 미리 준비를 해두신 스님께 깊은 감동을 받았다. 남편에게도 질문을 던지셨다.

"성품이 무엇입니까?"
"잘 모르겠습니다."
"모르면 식당에 가서 점심을 먹으십시오.
 아주 좋은 식당입니다."

벌써 정오였다. 아침 일찍 뵙기로 약속했는데 길을 헤매다 우리가 늦었던 것이다. 숭산 스님께서 절을 하고 나오는 우리에게 당부 말씀을 하셨다.

"무심 스님과 인연을 맺는 것은 좋은 일입니다."

그렇게 우리는 숭산 스님과 짧은 만남을 가졌다. 큰스님의 방을 나와 식당에서 점심을 간단히 먹었다. 그리고 무심 스님 방으로 가서 차를 얻어 마셨다. 자그마한 방에 나지막한 책상이 놓여 있었다. 미국인 스님이 한국 사람처럼 책상 앞에 가부좌 자세로 앉아 책을 읽고 글을 쓰는 모습이 신기했다. 조선 시대 후기에 화계사에 대원군이 살았던 적이 있다는 얘기도 해주셨다. 숭산 스님의 영어 공안집인 *The Whole World Is A Single Flower*(『세계일화』)를 선물로 주셨다.

무심 스님과 헤어진 후 우리는 서울 시내 구경을 하러 갔다. 부산에서는 폭풍우가 쳤지만 서울은 아주 화창했다. 꿈에서 미리 알려주었던 것 같다. 우리는 박물관과 갤러리 등을 구경하고 부산으로 돌아왔다. 부산에 도착하니 비가 그쳤고 우리는 편안하게 집으로 돌아왔다. 그런데 집에 도착해 짐을 풀고 나니, 갑자기 후두두 후두둑 굵은 빗줄기가 쏟아졌다.

그 순간 큰스님의 법력 같은 게 느껴졌다. 스님의 기도 덕분에 편안하게 여행을 다녀온 것 같았다. 언젠가 숭산 스님의 제자인 현암 거사가 이런 이야기를 들려주었다.

"이상하게도 숭산 스님을 모시고 다닐 때는 우산이 필요 없어요.
큰스님이 차에서 내리면 비가 그치고
큰스님이 차에 타시면
비가 쏟아지던 일을 여러 번 겪었어요."

숭산 스님을 진정으로 존경하다 보니 저런 말을 하나 보다 싶었는데, 그때의 서울 여행은 큰스님의 법력에 도움을 받은 것 같다. 무엇보다도 숭산 스님의 자상하고 자비로운 모습에 큰 감화를 받았다. 세계적으로 유명하신 분이고 훌륭한 제자를 많이 배출하신 큰스님이라 감히 대할 수 없는 분일 것 같았는데, 소박하고 따스한 배려를 해주시는 분이었다. 새삼 도의 경지를 실감하게 된 만남이었다.

만장이 휘날리던 날

1999년 여름에 숭산 스님을 뵌 뒤에 우리 가족과 무심 스님의 인연이 계속 이어졌다. 무심 스님은 숭산 스님을 생각하는 마음이 아주 깊었다. 큰스님이 당뇨합병증 등으로 고생을 많이 하신다는 얘기를 전해 들었다. 미국을 비롯해 여러 나라에서 선원을 개원하시고 전 세계를 다니실 때 무심 스님이 운전을 하시고 상좌로 동행하는 일이 많았다. 그런 가운데 숭산 스님이 돌아가시자 무심 스님은 큰 충격을 받으셨다. 숭산 스님의 부음을 듣고 우리도 2014년 2월 4일 수덕사에서 거행된 다비식에 참석했다. 구천여 명의 불자와 오백여 명의 외국인 제자들이 참석한 숭산 스님의 다비식은 그 규모가 엄청 커서 놀랐다. 처음 보는 수백 개의 만장 행렬은 장엄했다. 한국 불교의 전통적인 다비식을 외국 제자들에게 보여주는

행사 같았다. 2월이었는데 하늘도 슬픈지 비가 부슬부슬 내렸다. 다비식을 할 때

"스님, 불 들어갑니다. 어서 나오세요!"

라고 큰소리로 외치던 제자들의 목소리가 낯설었다. 부처님 돌아가실 때, 장례식에 늦게 도착한 가섭 존자를 위해 부처가 관 바깥으로 발을 내밀었다는 이야기가 생각났다.

숭산 스님의 다비식이 치러진 뒤 무심 스님께 사리에 관해 여쭈어보았더니 아름다운 사리가 많이 나왔고 제자들이 보관하고 있다고 하셨다. 젊은 날에 미국으로 건너가 온 세계에 한국 불교를 널리 알리고 돌아가신 숭산 스님은 어디로 가신 걸까. 장례식을 마친 뒤 계룡산 국제선원에서 숭산 스님을 지극 정성으로 돌본 속가의 제자를 보았다. 그분은 나이가 든 여성이었는데 숭산 스님께 인가를 받았다고 했다. 그녀의 눈은 빛이 났다. 다른 분에게 하시는 말을 들었는데,

"두두물물(頭頭物物)이 부처다!"

라는 말을 했다. 그 당당하고 확신에 찬 말에서 강한 힘이 느껴졌다. 두두물물이 부처라면, 이 세상 모든 것이 부처라는 것이다. 그것은 곧 숭산 스님이 주장한 '세계일화(世界一花)' 사상과 맞닿아 있

다. 온 세상이 한 송이 꽃이다. 부처가 불립문자(不立文字)로서 가섭 존자에게 전한 한 송이 연꽃처럼, 나와 남의 차별이 없는 세계이다. 삶과 죽음, 나와 타자, 자연과 문명의 대립이 아닌 하나의 우주로 공존하는 그 자체가 진리인지도 모른다. 그러나 말로써 설명할 수 없는 실존 그 자체이다. 아마 그것은 "오직 모를 뿐"이라는 화두가 온전히 체화된 경지일 것이다.

푸른 눈의 무심 스님이 보낸 편지

베트남 카드에 담긴 사연

문득 예상치 않은 선물을 받거나 그리운 사람의 전화를 받으면 행복하다. 2000년 여름이었다. 이상한 편지가 날아들었다. 사각의 하얀 봉투를 열어보았다. 소의 등에 올라탄 소년이 피리를 부는 그림이 그려진 카드였다. 자세히 보니 베트남에서 만든 카드 같았다. 정성스럽게 쓴 글씨가 눈에 들어왔다. 숭산 스님께 보낸 편지에 대한 답장을 무심 스님이란 분이 대신 써서 보낸 것이었다.

'무심 스님이 누굴까?'

누군지 궁금했던 이유는 독특한 글씨체 때문이었다. 내용은 심

동명불원에서 설법하시는 무심 스님

오한데 글씨는 마치 한글을 갓 배운 사람이 정성들여 쓴 것 같았다.

"부처님은 멀리 계신 분이 아니라 가족 안에 있다."

라는 뜻을 담고 있었다. 그리고 내 아이가 나보다 더 부처님께 가까이 가 있다는 내용이었다. 그 편지를 읽는 순간, 영국 시인 윌리엄 워즈워스(William Wordsworth)가 무지개를 보고 쓴 시인 「내 가슴은 뛰노라(My Heart Leaps Up)」의 "아이는 어른의 아버지(The Child is father of the Man)"란 구절이 떠올랐다. 진리의 관점에서 보면, 어린아이의 천진난만한 마음이 어른의 혼탁한 마음보다 더 밝은 빛을 발한다.

숭산 스님의 상좌가 쓴 편지였다. 혹시나 싶어 현각 스님의『만행, 하버드에서 화계사까지』를 뒤적여보았다. 숭산 스님을 가장 오랫동안 모셨다는 미국인 스님이었다. 큰스님이 아프셨을 때 밤새도록 지극정성으로 간호하는 모습을 보고 간호사가 누구냐고 물었더니 숭산 스님께서 "내 아들"이라고 대답했다는 그분이었다. 그리고 통도사 포교원에 법회가 있으니 아들을 데리고 와서 설법을 들으라는 말도 적혀 있었다.

며칠 후 무심 스님의 법회에 갔다. 서면에 있는 통도사 포교원은 실내가 꽤 넓었다. 사람들이 많아 우리는 맨 뒷자리에 앉았다. 놀랍게도 스님은 한국어로 설법을 했다. 말투가 느릿느릿한 충청도 억양이었다. 그는 설법 도중에 '천장'이란 단어가 생각나지 않아 청중에게 묻고 설법을 이어갔다. 석두 스님이 행선을 통해 득도한 이야기를 재미있게 해주셨다. 특히 석두 스님이 개울가로 가서 빨래하는 장면을 얘기하면서,

"석두 스님이 개골창에 가서 빨래를 했다."

라고 말하니 사람들이 큰 소리로 웃었다. 사투리인 '개골창'이란 말을 구사하는 것이 우스웠다. 약간 어눌한 한국어로 한 설법이지만 감동적이었다. 설법 가운데

"짚신이 부처이다!"

라는 화두가 인상적이었다. '부처님이 어찌 짚신일 수 있는가?' 시적인 이 화두가 나를 사로잡았다. 법회를 마치고 우리는 스님을 찾아뵈었다. 화계사에 방문했던 일을 말하니 스님은 우리를 아주 친숙한 사람을 만난 듯이 반가워하셨다. 가만히 들여다보는 그 눈빛은 아직도 기억에 선하다. 그를 처음 만났을 때 얼굴이 맑고 고요한데 조금 고독해 보였다. 스님의 다른 일정 때문에 우리는 짧은 대화만 나누고 헤어졌다. 사람의 인연은 참으로 묘하다. 첫 만남의 순간을 통해 수많은 이야기와 전설을 낳는다.

영혼의 푸른 눈

마음의 눈은 어디에 있을까? 혜안(慧眼), 심안(心眼), 부처의 눈인 불안(佛眼)이 있다. 무심 스님의 본명은 조슈아 리(Joshua Lea)이며, 1958년 미국 펜실베이니아주 필라델피아에서 유대인 교육자 집안의 장남으로 태어났다. 남동생은 생물학 교수이고 여동생은 간호사로 일한다고 했다. 1979년 미국 매사추세츠 보스턴대학교에서 화학과를 다녔던 그는 한때 의사가 되고 싶었는데, 어느 날 교통사고가 난 후 삶에 대한 회의가 생겼다. 대학 시절에 '살아 있는 부처를 찾으라'는 힌두교 스승의 말을 듣고 숭산 스님을 만났다. 그는 수행법에 대해 큰스님에게 질문을 했다.

"어떻게 수행하는 것이 올바른 길입니까?"

"모두 내려놓아라!(Put it all down!)"

그는 숭산 스님의 이 단순한 대답에 이끌려 조슈아 리가 아닌 무심 스님이 되었다. 1984년에 숭산 스님을 은사로 모시고 그는 무심(無心)이란 법명을 받아 정식으로 출가했다. 무심이란 법명은 의미가 깊은데, 종종 한국 스님과 신도들이 농담으로 '무심한 스님'이라고 그를 놀렸다. 그럴 때 기분이 언짢았다고 하셨다. 그는 한국에 온 이후 한국어를 열심히 익혔고 연세대학교 어학원에도 다녔다. 설법을 한국어로 할 정도였지만 글을 쓸 때는 조심스럽게 애매한 어휘를 물어보셨다.

숭산 스님을 따라 한국에 온 그는 1985년에 수덕사와 신원사에서 동안거와 하안거 결제에 참석하였다. 그 당시 손수 연탄을 갈았던 경험과 지게를 진 이야기도 해주셨다. 이듬해인 1986년에는 대한불교조계종에서 비구계를 받았다. 삼십 년 이상 한국에 머무르며 수덕사, 신원사, 화계사 등지에서 사십여 차례 이상을 안거하면서 수행 정진하였다. 그의 외모는 백인이지만 식성이나 성품은 거의 한국 사람 같았다. 절에서 먹는 떡을 즐기셨고 붓글씨 배우는 것도 좋아하셨다. 1999년에서 2002년까지는 서울 화계사 국제선원에서 수석 지도 법사로 활동했는데, 그 무렵에 나는 스님을 만났다. 그는 한국어 실력이 좋아 숭산 스님의 영어 공안집 『온 세상은 한 송이 꽃』(2001)의 개정판을 발간하면서 편집과 번역 교정을 했다. 이 책은 불교에 전해오는 참선의 화두공안과 숭산 스님이 외국 제자들을 가르칠 때 사용한 영어 공안을 모은 화두 모음집이다. 처음 뵈었을 때 받은 이 공안집을 나는 소중하게 간직하고 있다. 그이후 2002년에 부산에 내려와 남산선원을 개원하였고, 무상사 불사를 위해 주지 직책을 동시에 맡게 되었다. 2002년에서 2012년 동안 계룡산 국제선원 무상사 주지를 역임하면서 불사를 원만하게 마무리했다. 2008년 세계일화대회에서 관음선원 선사가 되어 '대진 선사'라는 당호를 받았다. 그것은 정통으로 그의 선적인 경지를 인정받았다는 것을 의미한다. 2013년부터는 계룡산 국제선원 무상사 회주를 맡아오셨다.

무심 스님은 나의 영적 스승이시다. 자상한 아버지처럼 가르침을 주시다가 때로 예리한 통찰력을 보여주는 선사이다. 대학 다닐 때부터 좋은 영혼의 스승을 만날 것이라는 예감이 있었다. 가톨릭 신자라 지도 신부를 만날 줄 알았는데, 뜻밖에 불교 스님으로부터 참선을 지도받게 된 것이다. 하느님의 섭리인지 인연 탓인지 모르겠지만 예감은 현실로 이루어졌다. 그를 만난 이후로 세상과 인간을 바라보는 나의 시선이 조금씩 변했다. 모든 인간의 영혼이 아주 고귀한 것임을 깨달았고 내가 만나는 분들의 영혼의 역사가 궁금해졌다. 전생에 대해 어느 정도 인정을 하게 된 까닭이다. 왜 인간은 태어날 때 조건이 다르게 주어지는가? 누구는 부유한 집에 태어나고, 누구는 가난한 집에 태어나거나 심지어 장애를 갖고 태어난다. 그 이유를 하느님의 뜻이라고만 할 수 있을까. 합리적이고 논리적인 이유가 필요했고 맹목적인 믿음에 대한 회의가 들었다. 처음 보았는데 가깝게 느껴지는 사람, 부담스러운 사람…… 그 미묘한 차이를 어떻게 설명할 것인가. 아무튼, 무심 스님은 내게 특별한 사람으로 다가왔다. 신라대학교로 강연을 오신 스님이 차 안에서 우연히

"우리 혜영 씨도 무상사에 한 번 와보라."

는 말씀을 하셨을 때, 돌아가신 아버지가 마치 환생한 듯했다. 아버지는 내가 어릴 때 '우리 영아 씨'라는 애칭으로 늘 불러주셨다. 눈이 파란 미국 스님이 '우리'라는 말을 쓰는 것이 신기했다. 정확히 알 수 없지만 스님을 전생에서부터 알았던 분 같았다. 선험적으로 주어지는 인식은 대개 정확한 편이다. 주위 사람들을 자세히 살펴보면 가끔 놀랄 때가 있다. 남편도 첫 만남부터 예사롭지 않았다. 그에 대해 아는 것이 거의 없었는데, 운명으로 정해진 사람일 거라는 예감이 스쳤다. 나는 불교에서 말하는 전생을 과학적 관점에서 접근하는 편이다. 윤회는 종교적 교리보다 하나의 지식 체계로 여겨진다. 지구가 도는 것을 느끼지 못하지만 과학적 실험을 통해 지구가 돈다는 사실을 입증했듯이 미래에는 아마 전생에 관해서도 과학적 증거가 밝혀질 것이라 믿는다.

미니 토끼 이야기

이 세상에 태어나기 이전에도 나는 존재했었다.

라는 사실을 나는 부인할 수가 없다. 적어도 내가 가진 지식과 내면의 경험에 비추어보았을 때 분명 존재했음을 확신한다. 그런데 정말 인정할 수 없었던 것은 사람의 영혼이 짐승이 되는 것이었다. 사후 세계에 대하여 가톨릭에서는 천국과 지옥, 그리고 그 중간 단계인 연옥이 있다고 주장한다. 예수를 믿기만 한다고 천국에 갈 수 있을까? 어떤 측면에서는 불교 교리가 조금 더 합리적이고 설득력이 있어 보인다. 나 자신의 본질과 하느님의 실재에 대한 의문이 쉽게 해소되지 않았다. 하루는 하느님께 기도를 드렸다.

'하느님, 제가 읽은 불교 서적에
 사람의 영혼이 죽어서 짐승이 되기도 한다는데
 이것은 진실입니까?
 아니면 허구의 이야기입니까?'

난 정말로 이것이 궁금했다. 그런 의문을 품고 있었는데, 어느 날 남편이 미니 토끼 두 마리를 사 왔다. 암수 한 쌍인데 사랑스런 토끼들이었다. 난 토끼에게 배추 잎사귀를 먹이면서 두 마리를 유심히 관찰했다. 수컷은 굉장히 활발하고 호기심이 많은 반면에 암컷은 왠지 행동이 굼뜨고 소극적이었다. 수컷이 먼저 집 안을 탐색한 후에 자신도 반응을 보이는 조심성을 지니고 있었다. 동물도 성격의 차이를 보이는 점이 신기했다. 그런데 며칠이 지나자 토끼들이 이 방 저 방으로 돌아다니며 똥과 오줌을 누었다. 그 냄새를 견딜 수 없어 광양에 있는 시댁으로 보냈다.

시골이라 토끼 두 마리가 자유롭게 잘 지낸다는 얘기를 듣고 안심이 되었다. 토끼를 보내고 일주일이 지났을 무렵 나는 이상한 꿈을 꾸었다. 토끼 한 마리가 공중에서 떨어지는 꿈이었다. 이상한 느낌이 들어 시댁에 전화를 걸었다. 수컷 토끼가 밤중에 방 안을 돌아다녀 두 마리를 바구니에 담아 텔레비전 위에 올려놓았다고 했다. 그 호기심 많은 수컷 토끼가 폴짝 뛰어내려 머리를 다쳤는지 죽었다고 했다. 죽은 토끼 옆에서 암토끼가 한참을 떠나지 않았다고 했다. 그 소식을 듣고 마음이 몹시 아팠고 전율이 일었다.

'그 작은 토끼가 자신의 죽음을 알려주다니…….'

말 못 하는 동물이지만 영적 에너지는 서로 통하는 것이었다. 그 일이 있은 후 동물을 대하는 나의 태도가 변화되었다. 하느님께 궁금해서 드렸던 기도의 응답을 받은 것 같았다. 동물에게도 뭔가가 있다. 솔직히 말하자면, 그 토끼는 어쩌면 새로운 깨달음을 주기 위해 우리에게 온 화신이 아니었을까. 그 토끼와 무심 스님과의 만남은 세계를 바라보는 인식에 차이를 가져왔다. 사람과 동물을 바라보는 나의 시각이 바뀐 것이다. 무심 스님의 푸른 눈에는 따스한 기운이 흘렀다. 사람에게는 저마다 흘러나오는 에너지가 있다. 그에게서 풍겨나는 그 따스함은 어디에서 온 것일까. 나의 과거와 미래 그리고 삶을 지혜로 이끌어준 스승이 그립다.

밥하는 스승과 청개구리

무심 스님이 화계사에 계실 때 가끔 전화 통화를 하곤 했었다. 한때 결혼 생활이 참 힘들었다. 자라온 환경이 다르고 성격도 다른 데다 가정과 일을 병행하는 나의 삶은 하루하루가 지옥 같았다. 그런 나의 내면이 투사된 초기 시들은 우울한 정서가 짙은 편이다. 솔직히 이혼에 대한 유혹이 마음속에서 강하게 일어났다. 남편과 아이를 위해 사는 삶보다는 나 자신의 길을 가고 싶은 마음이 커져만 갔다.

지금 생각해보면, 사소한 일에서 일어난 갈등이 커져 극단적인 선택을 하려 했던 것 같다. 가부장적인 한국 사회에서 결혼한 여성들은 대부분 아낌없이 주는 나무처럼 모든 것을 내어놓아야 한다. 그렇게 살다 보니 나중에는 만신창이가 되는 느낌이었다. 그때 스님에게 울면서 전화했던 기억이 난다.

"조금만 더 참아보세요. 나아질 것입니다."

그 말씀에 용기를 얻어 마음을 잡을 수 있었다. 그 당시 나는 미국으로 유학을 떠나거나 이혼하고 수도자의 길을 가고 싶었다. 왜냐하면 결혼하기 전부터 수도 생활에 대한 동경이 있었고 명상하는 것을 좋아했기 때문이었다. 나의 슬픈 목소리를 들어줄 스승이 있어 다행이었다.

그러다 어느 날 부산에 가서 선원을 세우라는 숭산 스님의 말씀을 따라 무심 스님이 부산으로 내려오셨다. 그는 신도에게 받은 용돈을 알뜰하게 모아둔 돈이 조금 있었다. 선원을 세울 장소를 찾으려 벼룩신문을 열심히 들여다보았다. 남편과 나는 주말에 스님을 모시고 여러 곳을 보러 다녔다. 남편이 길을 잘 찾고 운전도 잘 하니 스님이 참 좋아하셨다. 남자들끼리 통하는 그 무엇인가가 있었으리라.

"남편이 고생이 많으니까 잘해주라."

는 말씀도 종종하셨다. 여름 내도록 선원을 열 공간을 찾다가 마침내 부산 남산동에서 적당한 장소를 구했다. 그런데 선원 공사를 시작할 즈음에 스님은 아시안 게임에 자원 봉사를 하러 가더니 이어 홍콩으로 설법을 하러 가셨다. 나는 인테리어 공사를 하는 것을 지켜보며 혼자 쩔쩔 매었다. 절에 대해 잘 모르는 상태에서 선원을 세우는 일에 관여하게 되었기 때문이다. 스님은 일을 진행하면서 여유가 있었고 크게 연연해하지 않았다. 그런 면이 나는 불만스러웠다. 그냥 설렁설렁 물 흐르는 대로 일을 처리하시는 것 같았다. 그 당시에는 이해가 되지 않는 부분이 많았다.

'왜 저러실까?'

나는 혼자 투덜거렸다. 나중에 알게 되었지만 스님은 순간순간 일에 집중하고 그냥 처리할 뿐이었다. 나는 벽지를 좋은 것으로 선택하고, 창문도 커야 하고, 이런저런 생각에 머리가 무거웠다. 하지만 그는 그냥 담담히 일을 처리하는 스타일이었다. 아마도 그렇게 임하는 태도 때문에 무상사 불사도 무사히 마친 것 같다. 일을 하되 집착하지 않고 해야 함을 스님은 알고 있었다.

'남산국제선원'이란 이름을 정하고 개원식을 하기 며칠 전, 갑자기 큰일이 생겼다. 무상사 주지스님이 갑자기 폴란드로 가는 바람에, 그가 무상사로 가서 불사를 마무리해야 했다. 그래서 당분간 무심 스님께서 남산선원과 무상사 두 군데를 왕래하며 지도하기로 하고, 개원식을 개최하기로 했다. 많은 사람들을 초대하기에 해야 할 일이 많았다. 나는 꽃집에서 꽃을 한 아름 사가지고 선원으로 갔다. 혼자 바닥에 꽃을 널어놓고 꽃을 꽂고 있으니 스님께서 내게 밥을 지으라 하셨다. 그때 나는 일부러 밥을 지을 줄 모른다고 대답했다. 박주희 보살님이 좋은 전기 압력솥을 시주해둔 상태였다. 나는 그것을 사용해본 적이 없었다.

"그럼 누가 집에서 밥을 만들어요?"

"남편이 밥을 짓지요."

"그럼 혜영 씨는 뭘 하는데요?"

"저는 그냥 먹기만 해요."

스님의 밥을 해줄 공양주가 없었기 때문에 그도 밥할 줄 알아야 될 것 같아 일부러 그런 대답을 했다. 그랬더니 스님이 싱긋 웃으시면서

"그럼 내가 밥을 할 테니 꽃꽂이를 계속하세요."

라고 말씀하셨다. 사실 내가 왜 밥을 할 줄 모르겠는가. 청개구리처럼 엉뚱한 대답을 해놓고 스님이 어떻게 하시나 궁금했다. 스님은 쌀을 씻고 정성스럽게 밥을 지으셨다. 버릇없는 청개구리 제자는 스님이 밥하는 것을 옆에서 구경만 했다. 밥이 완성되자 스님은 부처님께 공양을 올려야 된다고 마지 그릇에 밥을 담으라고 하셨다. 나는 뜨거운 밥을 마지 그릇에 퍼 담았다. 그것을 보신 스님께서 밥을 그렇게 푸면 안 된다면서 새로 밥을 퍼 담으셨다. 그릇 윗부분까지 가득히 둥그렇게 담으셨다. 그렇게 담은 밥을 부처님 앞에 정성스럽게 갖다 놓으셨다. 부처님께 밥 한 그릇을 올린 후 점심을 먹었다. 버릇없는 제자는 스님께서 지어주신 밥을 맛있게 먹었다.

나는 스님이 시키는 일을 하지 않고 그 반대로 하는 경우가 종종 있었다. 선원에 있던 구질구질한 물건들을 스님의 허락 없이 내다버렸다. 그러자 스님께서 내가 상처받을까 봐 조심스레 나무라던 기억이 스친다. 청개구리 같은 제자를 사랑으로 돌보아주신 스님에게 어리광도 부리고 애도 많이 먹였다. 어디로 튈지 모르는 공처럼 오른쪽으로 가라고 하면 왼쪽으로 가다 넘어졌다. 참선을 열심히 하라고 하면 시를 쓴다는 핑계를 대기 일쑤였다.

그 무렵 대학교수 공채에 원서를 내고 나는 이런저런 걱정에 불안했었다. 새벽에 꿈을 꾸는데 아주 밝은 빛이 쏟아졌다. 그 꿈을 깨고 나서 생각하니 스님께서 기도의 에너지를 보내주신 것 같았다. 정확한 것은 모르지만 그런 느낌이 들었다. 취직이 안 되어 속상해 울기도 했다. 그럴 때마다 희망을 주시던 스님의 따스한 말씀이 귓가를 스친다. 작은 것에 목적을 두지 말고 보다 원대한 이상을 지니라는 가르침을 왜 그렇게 소홀히 했을까?

"참된 나를 찾으라!"

라는 스님의 말씀이 가슴에 울려 퍼진다.

이 세상에 태어나기 전 어디에 있었니?

2002년 11월 9일, 맑은 가을날에 드디어 남산선원은 문을 열었다. 전 세계에서 몰려온 숭산 스님의 제자들이 법당 한가운데를 차지하고 여러 신도들이 둘러앉았다. 홍콩, 폴란드, 헝가리, 미국, 리투아니아 등의 여러 국가에서 온 분들을 모시고 개원식을 했다. 시작이 반이라는 말처럼 처음에는 엉성하고 허술했지만 일은 진척되었다. 남산선원을 열고 무심 스님은 며칠간 더 머무르다 무상사로 올라가셨다. 무상사에서 대웅전 불사가 진행 중이어서 그 일을 소홀히 할 수 없는 상태였다. 그는 무상사 불사를 진두지휘하시면서 동안거에 참석한 사람들을 지도하셨다.

무심 스님께서 지도하는 참선 방법은 숭산 스님의 가르침을 따랐다. 처음으로 공안 인터뷰를 했을 때 나는 엄청 당황스러웠다. 스님에게 절을 하고 마주 앉으면 스님은 부드러운 미소를 짓고 나서 대뜸 엉뚱한 질문을 하셨다.

"이 세상에 태어나기 전 어디에 있었습니까?"

참 희한한 질문이었다. 엄마의 자궁 안에 있었지만 그 이전을 어떻게 알 수 있나. 놀라 눈을 동그랗게 뜨면 스님께서

"방바닥을 한 번 탁 치세요."

그냥 시키는 대로 탁 한번 방바닥을 치면

"좋아요."

아무것도 모르는데 무엇이 좋단 말인가? 이런 생각도 했지만 스님과의 공안 인터뷰는 신비한 무언가가 있었다. 인터뷰를 할 때는 그 힘을 못 느끼는데, 인터뷰를 계속 하다 보면 점점 의식이 분명해졌다. 사실 내게 지식적인 설명은 그다지 의미가 없었다. 학문하는 사람이기에 책을 많이 읽는 까닭에 더 이상 머리로 깨닫는 것에는 흥미가 없었다. 그것의 한계를 이미 알고 있었다. 나는 이성적 사유를 뛰어넘는 그 어떤 세계에 닿고 싶었다. 그 간절한 열망이 아마도 무심 스님을 만나게 이끌었을 것이다.

무심 스님께서 한 달에 한 번씩 부산으로 제자들을 지도하러 오시면 나는 마중을 나갔다. 사실 나는 운전하는 것을 좋아하지 않고 운전대를 잡으면 겁이 난다. 그럼에도 스님이 오시면 부산역으로 달려갔다. 스님도 내가 운전하는 것이 편안하지 않았지만 운전 중에 이런저런 대화를 나누면서 지도해주셨다. 동아대학교 법회에 초청을 받은 스님을 모시고 가면서 동서고가도로를 탔던 기억이 난다. 그날 차가 유난히 막혔다. 법회 시간은 다가오고 미칠 것 같았다. 스님도 안타까운 모양이었다. 왜 차가 막히는지 모르고 정체된 상태에서 안절부절못했다. 그러던 와중에 스님에게 물었다.

"도를 깨달으면 어떻게 됩니까?"

"도는 바로 여기에 있어요."

라고 말하면서 길을 가리켰다. 길을 보니 교통사고의 흔적이 보였다. 유리 파편이 군데군데 흩어져 있다. 그때도 나는 스님의 대답을 이해할 수 없었다.

'바로 이 순간이 진리라니⋯⋯.'

스님과 공안 인터뷰를 하거나 대화를 나누며 많은 것을 배웠다. 스님은 사람을 만날 때 의식을 집중해 상대에게 몰두하는 면을 자주 보여주었다. 언제나 순간순간 집중하고 그 순간이 지나면 집착을 떨쳐 버리는 것이었다. 그런 스님에게는 자유로움이 있었다. 음식을 드시는 것도 상황에 따라 융통성을 보여주었다. 사람들과 최대한 행복한 시간을 보내려 했다. 무슨 음식이든지 맛있게 드셨고, 스님과 밥을 먹으면 웃을 일이 많았다. 가끔 과일이나 부침개를 뚝 떼어 건네주었다. 진리는 특별한 데 있는 것이 아니라 밥 잘 먹고, 잠 잘 자는 데 있다는 참선의 가르침을 몸으로 보여주었다.

누구를 만나든 행복을 주는 사람이 되면 좋은 일이다. 하지만 우울한 감정이나 좌절감에 사로잡힐 때도 있고 분노가 일어나기도 한다. 아마도 우리는 허상을 붙들고 씨름하는지 모른다. 물질적으로 베푸는 것도 필요하지만 누군가에게 기쁨을 주는 것도 소중하다. 스스로 편안하고 행복해야 타자를 위로할 수 있다. 무심 스님은 자신을 버리고 더 큰 자아로 나아가라 하시는데, 난 아직도 나 자신에게 연연해한다. 이익이 되든지 손해가 되든지 상관하지 말고 모든 사람을 고귀한 존재로 평등하게 바라보는 삶이 부처의 길이다.

남산선원 사람들

약 2년 동안 남산선원은 잘 운영되었다. 이 말은 선원에 오는 사람이 크게 늘었다는 뜻도 아니고, 선원의 경영이 잘 되어 재정 상태가 좋았다는 말도 아니다. 여러 가지 힘든 여건 속에서도 뜻을 가진 몇 명의 제자들이 꾸준히 참선의 끈을 놓지 않았다는 점을 높이 평가한 것이다. 무심 스님은 한 달에 한 번씩 오셔서 참선을 지도해주셨다. 그러한 과정에서 여러 사람들을 만날 수 있었다. 몇몇 분은 인상에 많이 남는다. 남산 선원에서 입승을 하면서 우리를 이끈 원각성이란 법명을 가진 두 보살님은 아주 멋진 분들이었다.

처음 입승을 맡은 원각성은 도자기를 전공한 미대 교수인데 참선에 깊은 열의가 있었다. 방학이 되면 혼자 홀홀 용맹정진을 하러 떠나기도 했다. 활달한 미소년 같은 이미지의 이석향 교수님은 의지가 굳센 장점이 있었다. 선원에서 새벽 기도를 하고 선원을 찾는 사람들에게 참선의 기본 자세를 가르쳐주었다.

그 다음에 오신 원각성 입승은 다인(茶人)이었다. 이화여대 생물학과를 졸업하신 심정희 보살님은 배울 점이 많은 분이었다. 그녀는 이십 년 넘게 다도를 공부하였고 태극권 수련도 하셨다. 진제 종정 스님에게 참선을 배웠고, 판단이 분명하고 품격이 있으신 분이었다. 그녀가 타주는 녹차를 마시면 기운이 샘솟았다. 맛이 은은하고 깊었다. 그녀는 녹차를 우려낼 때, 약 일 분 정도 마음속으로 반야심경을 외웠다. 차를 우려내는 것에도 도의 경지가 있었다.

정신과 의사인 박경준 선생님은 어린 왕자 같은 얼굴이었다. 새벽에 출근하기 전에 선원에 와서 참선을 하셨다. 정신과 의사라 그런지 사람을 관찰하는 눈빛이 예리했다. 스님께서 정신과 의사는 영혼을 치료하는 직업이라 오래 하다 보면 에너지가 고갈되기 때문에 참선이 필요하다고 하셨다. 그의 아내는 성당에 다녔지만 참선에 정진하던 모습이 멋졌다. 박주희 총무님 또한 잊을 수 없다. 범어사 문화 행사 때에 아름다운 자태로 고전무용을 공연한 분이다. 아무 말 없이 선원 청소를 말끔하게 해주셨다. 가끔 선원에 와서 혼자 기도하며 울기도 한다는 말씀을 하시곤 했다.

그리고 폴란드에서 오신 원통 스님은 가끔 오셔서 선무도를 가르쳐주었다. 참선은 고정된 자세로 앉아 있기 때문에 무릎이나 관절이 아플 수 있다. 그럴 때 스님은 선무도의 기본 자세를 가르쳐주었다. 그는 숭산 스님을 따라 한국에 와서 참선을 하다 선무도에 깊이 심취하셨다. 소량의 식사를 하는데도 몸이 가볍고 유연해 보였다. 늘 소탈하고 자유로움을 느끼게 해주는 분이었다. 언젠가 식사를 같이 하면서 폴란드의 역사를 자랑스럽게 얘기해주셨다.

그 외에도 류도현 변호사, 김일주 회장님 부부, 송문일 변호사, 박영순, 김기인 보살님 등 선원을 거쳐 간 분들의 얼굴이 영화 필름처럼 흘러간다. 때로는 서로 마음이 맞지 않아 속상했지만, 서로 의지하고 힘이 되었던 즐거운 추억이 많다. 어느 모임이든지 여러 사람이 모이면 갈등이 있고, 그것을 통해 성숙해지고 서로의 얼룩을 지워주게 된다. 무엇보다 남산선원에서 참선의 맛을 볼 수 있었던 것은 큰 축복이다. 참선을 마친 후 노란 방바닥을 돌던 기억, 선원에서 화장실 청소를 하던 일, 국수를 삶아 먹던 일 등은 행복한 추억이다. 무심 스님의 법문을 들으면서 웃던 일, 스님의 갑작스런 질문에 열심히 방바닥을 두드리던 일, 모두가 소중한 순간들이다. 우리 모두 진리를 찾고자 모였기 때문이다.

팥 바구미가 날아가는 순간에

나는 무엇인가?(What am I?)

구약성경에서 모세가 하느님을 만나는 장면은 아주 신성하고 인상적이다. 하느님의 산 호렙의 가시덤불 앞에서 하느님을 만난 모세는 하느님의 이름을 묻는다. 하느님은 스스로 존재하는 자로서 '나는 곧 나다(I AM WHO I AM)'(「출애굽기」 3장 14절)라고 말한다.

계룡산 무상사 국제선원에서
무심 스님

존재의 근원으로서 길이요 진리요 생명이다. 모세에게 들린 그 음성은 언어로 표상된 것이다. 언어는 하나의 기호일 수 있다. 모세에게 들린 하느님의 음성이 왜 내게는 들리지 않는가? 모세가 특별한 예언자여서 그럴 수 있지만, 모세의 영적 상태가 하느님과 주파수가 맞았던 것은 아닐까.

선불교의 '이 뭣고'와 '나는 무엇인가' 화두는 나 자신의 존재를 찾는 이정표이다. 나는 아직도 나 자신을 찾지 못했다. 하루하루의 삶이 꿈같이 느껴진다. 두 눈을 뜨고 있지만 사실은 장님이다. 내가 어디에서 왔으며 숨이 멈추는 순간에 어디로 갈지 모른다.

르네 데카르트(René Descartes)의 코기토인 '나는 생각한다 고로 존

재한다'라는 말에 전적인 신뢰를 갖지 못한다. 왜냐하면 정신분석
자인 지크문트 프로이트(Sigmund Freud)와 자크 라캉(Jacques Lacan)이
논의한 무의식의 영역을 분명하게 인지하고 있기 때문이다. 인간
의식의 층위는 무수히 다양하다. 사실 생각으로 떠오르는 의식은
아주 얕은 영역일 수 있다. 감정이나 감각도 덧없이 흘러가고 변화
한다. 요즘은 변화하는 것 자체가 진리라는 생각이 들 정도이다.
서양의 정신분석학에서는 아직까지 불교에서 논하는 제8식으로
언급되는 아뢰야식에 대한 연구가 미진하다.

　나는 불교에서 논의하는 윤회와 전생이 거의 과학적 사실일 거
라 생각한다. 종교적 믿음의 영역일 수 있지만 과학이 발달할수록
그 미세한 의식과 무의식을 인간들은 파헤치고 입증할 것이다. 무
수한 과거의 전생을 거쳐온 나는 여러 겹의 주름이 있을 것이다.
그것을 가능하게 하는 에너지는 어디에서 오는가. 나를 찾아야 한
다는 절박감을 가끔 느낀다. 최근에 나는 '생각이 끊어진 자리'를
찾으려 한다. 바쁜 일상 가운데 좌선할 시간이 없어 행선을 한다.
특히 가사 노동을 할 때 잡념들이 떠오르고 내면에 쌓인 부정적 감
정이 올라온다. 분노와 짜증, 피로와 권태, 조급한 마음을 다스리
고자 화두를 참구한다.

　인간이 사후에 동물이 될 수 있는지에 대한 의문이 생겼는데,
우연히 기르던 미니 토끼의 죽음을 체험한 후에 동물의 영적 인식
에 확신이 생겼다. 그러다 사람이 곤충으로도 태어날 수 있다는 것
에 대해 깊은 의심이 들었다. 육도 윤회라는 것에 대한 믿음이 확

고하지는 않다. 그런데 최근에 팥에서 나온 벌레를 관찰하면서 신기한 경험을 했다. 길가의 할머니에게서 팥을 샀는데 요리할 시간이 없어 그냥 방치해두었다. 어느 날 보니 팥 바구미들이 기어 나왔다. 몇몇은 작은 날개가 있어 일정 정도의 거리를 날 수 있었다. 벌레를 죽이기 싫어 창밖으로 날려 보냈다. 그 작은 미물조차도 생명을 보존하려는 의지가 대단했다. 내가 죽이려는 의도가 전혀 없는데도 그들은 도망을 갔다. 그러다 한 마리를 창틀에 겨우 앉혀주었다. 나는 팥 바구미에게 말했다.

"얘야, 날개를 펴고 날아보렴."

그 순간에 그 작은 팥 바구미가 마치 내 말을 알아차린 듯 미세한 날개를 펴고 날아갔다. 경이로운 순간이었다. 벌레와 교감하는 신비로운 체험이었다. 그러면서 이 세상의 모든 생명체에 연결된 그 어떤 무엇이 분명히 존재함을 느꼈다. 그동안 인간 중심적인 관점에 너무 함몰되어 살아왔던 것은 아닌지 반성이 되었다. 사람이 죽으면 몸에서 온기가 빠져나가는 것이나 곤충이 죽었을 때 시체로 변하는 것이나 별다른 차이가 없다. 동백섬으로 산책을 나가 만난 곤충들을 지켜보았다. 곰벌레, 지네, 지렁이도 모두 기묘한 인식체로 살아간다. 단지 그들과 교감하는 언어가 부족한 것이 아닐까. 곰벌레에게 나라는 존재는 거인 혹은 괴물로 느껴지지 않을까.

숭산 스님은 마음에서든 밖에서든 벽을 만들지 말라고 하셨다.

반야심경이나 금강경 같은 경전에 '나'라는 생각, 즉 주체에 대한 관념이 하나의 허상임을 알라고 말한다. 어찌 보면 '무아'(無我)가 법신 혹은 진리의 실체에 더 가까울지 모른다. 나는 아직 나 자신을 깨닫지 못했지만, 어쩌면 나 자신이 곧 우주 자체일 수 있다는 생각이 스친다. 온 세상이 하나의 꽃이다.

눈이 내리는 날에 떠나신 스승

무심 스님을 생각하면 마음 한구석이 아련하게 아파온다. 숭산 큰스님을 따라 한국에 오셔서 청정 비구로 수행을 하시다 계룡산 무상사 국제선원을 건설하느라 애를 많이 쓰셨다. 절도 완성되고 무상사 회주로서 편안하게 계시리라 생각했는데, 갑자기 백혈병에 걸리셨다. 그는 한국 음식을 아주 잘 드시고 평소에 성격도 낙천적이었다. 어느 날 갑자기 숨쉬기가 조금 힘들어 병원에 갔더니 백혈병으로 진단받았다. 그의 친척 중에 백혈병으로 숨진 분이 있어 아마 유전적인 요인이 있었을 것이다.

나는 스님이 선사이기 때문에 백혈병도 잘 극복하시리라 믿었던 것 같다. 초기에 스님이 분당 서울대학교 병원 무균실에 계실 때 찾아뵈었는데, 그때 그는 그렇게 많이 나빠 보이지 않았다. 스님은 병들어 죽어도 괜찮고 경과가 좋으면 나을 수 있다면서 차분하게 말씀하셨다. 수도자라서 그런지 일반인들이 중병을 받아들이는 태도와 차이가 났다. 그래서 나는 스님이 잘 극복하리라 믿었다. 골수 이식을 하려고 미국에서 남동생이 한국으로 와서 수술도 했다. 수술은 잘 되었는데 면역 반응에 이상이 있었는지 스님의 상태는 호전되지 않았다.

지금도 후회가 된다. 난 선사이시니 곧 나을 거라는 확신을 가졌는데 그렇지 않았다. 어느 날 전화했더니 스님이 많이 서운해하셨다. 몸이 많이 편찮으시다면서 사진을 보내주셨다. 난 그 사진을 보고 울었다. 너무 야위어 차마 볼 수가 없었다. 나의 무심함이 죄송스러워 무상사로 찾아뵈었는데, 이미 스님은 기력이 거의 없어 보였다. 러시아 제자가 지극정성으로 그를 간호했지만 안타까웠다. 스님을 뵙고 나올 때 그의 커다란 눈에 눈물이 맺히는 것을 보았다. 그래도 어리석은 나는 그것이 마지막인 것을 몰랐다. 아마도 스님은 이미 당신의 죽음을 예감하셨던 것 같다.

"우리 혜영 씨는 나와 인연이 많은 사람이에요."

라는 마지막 말씀이 가슴에 남아 있다. 무심 스님이 아니었다면 나는 참선의 세계를 전혀 몰랐을 것이다. 뭔가 깨우침을 주시려 했는데 아둔한 제자였다. 스님을 뵙고 온 지 얼마 지나지 않아서 부음을 들었다. 2015년 12월 26일 정오에 돌아가셨다. 그 당시에 나는 산문집 『아나키스트의 애인』 출간을 앞두고 바빴다. 스님의 장례는 외국에서 오는 분들을 위해 오일장으로 거행하였고 장례식은 12월 30일에 치렀다. 미국인 스님인데 장례는 한국 사찰의 전통을 따라 거행되었고 장엄한 예식이었다. 운구를 하시던 외국인 스님들의 염불 소리와 마지막에 화장하는 장면이 기억에 남아 있다. 울먹이던 현각 스님의 커다란 목소리가 떠오른다. 만장 깃발이 펄럭이고 여러 스님들과 신도들의 슬픔을 위로하듯 흰 눈발이 흩날렸다.

스님의 관을 장작불 속에 넣고 태우는 것을 가까이 지켜보았다. 나는 스님이 그렇게 빨리 가실 줄 정말 몰랐다. 그는 선사이시니까 삶과 죽음도 쉽게 뛰어넘을 것이라는 믿음이 있었다. 선사이건 보통 사람이건 육체적 고통은 다 겪게 마련이다. 무균실에서 항암치료를 받을 때 많이 힘들어 하셨다. 특히 스님을 마지막으로 뵈었을 때, 식사량을 보니 마음이 아팠다. 장이 나빠져 아무거나 드실 수가 없었다. 젊은 나이에 한국에 와서 수행하느라 고생도 많이 하셨을 텐데 너무 허망하게 돌아가셔서 슬펐다.

나는 마흔 살의 늦은 나이에 둘째 아이를 임신했는데, 임신 9개월에 임신중독증이 와서 나와 아이가 위독했었다. 그때 병원에 친히 방문해 우리를 위해 기도해주시던 모습이 떠오른다. 무상사 국제선원 불사를 할 때 지붕을 짓는 데 경비가 부족하다고 시주를 부탁하기도 했다. 주지 소임을 하면서 스님들과 신도들에게 각별한 애정을 갖고 계셨다. 하루는 동안거에 참석하는 서양인들을 위해 피자를 주문해달라는 부탁을 하셨다. 미국, 스페인, 이스라엘 등 외국에서 참선하러 온 사람들이 한국 음식에 적응하기 힘들어하는 경우가 있었기 때문이다. 우리 집에도 방문하셔서 두 번 주무시고 가셨다.

언젠가 스님이 이런 말씀을 하셨다. 이 지구에 스님이 있는 것이 이로움을 준다고 하셨다. 그때는 무슨 말인지 이해가 가지 않았다. 막상 스님이 떠나시고 나니 그 고마움이 새록새록 느껴진다. 스님이 돌아가신 지 얼마 지나지 않아 차를 운전하고 있었다. 그런데 이상하게 어디선가 따스한 기운 같은 게 느껴졌다. 스님이 나를 축복해주시는 것이라 여겨졌다. 나만 그런 생각을 한 줄 알았는데 집에 돌아오니 첫째 아들인 성진이가 이런 말을 했다.

"엄마, 조금 전에
무심 스님이 우리 집에 다녀가신 것 같아요."

그러면서 느낌이 조금 특이했다고 했다. 스님이 이 지상을 떠나기 전에 사랑하던 제자들에게 뭔가를 남겨주고 싶었던 것이다. 그해 겨울, 침대 모서리에 새끼발가락이 부딪쳐 뼈에 금이 가 깁스를 하고 있었다. 외출이 어려워 집에서 생활했는데 나는 그만 스님의 49재를 깜빡 잊어버렸다. 그런데 우연히 페이스북에서 스님의 49재 영상을 보았다. 그것을 보니 나는 잊고 있었는데 스님은 내가 49재에 참석해주기를 기다리셨던 것 같다.

푸른 눈을 반짝이며 환하게 웃으시던 스님이 불길 속에서 재가 되었다. 누구나 이 세상에 오면 저렇게 가는 것이지만, 한번 떠나면 다시는 그 목소리와 눈빛을 볼 수 없다. 숭산 스님이 돌아가시기 전에 무심 스님이 겪을 일에 대해 예언을 하셨다고 한다. 장례식을 마친 후 원화 스님은 무심 스님이 큰스님 동생으로 태어나고 싶어 얼른 가신 것 같다는 말로 위로를 하기도 했다.

언젠가 미국에 계신 부모님을 뵈러 갈 때 좋은 선물을 해드리려고 애를 쓰시던 스님의 모습이 떠오른다. 타국에서 스님이 된 아들이 먼저 저세상으로 갔으니 그 부모는 얼마나 마음이 아팠을까. 세수 57세의 나이로 훌쩍 떠나신 무심 스님의 맑은 눈동자가 생각난다. 그는 그 누구보다 숭산 스님을 깊이 존경하고 사랑했다. 스승이 돌아가셨을 때는 한동안 그는 전화도 받지 않을 정도로 깊이 상심하였다. 존재의 근원에 다가가는 길을 열어주신 스승을 잃고 한동안 나는 헤매었다. 요즘은 다시 스님의 가르침을 되새기고 있다. 이미 스님은 삶과 죽음에서 자유로울 텐데 눈먼 장님처럼 살아가는 제자를 안타깝게 여기실 것이다. 가끔 눈이 내리는 날에는 푸른 눈의 무심 스님이 생각난다.

목련을 닮았다

남해 바닷가에 핀 목련을
카메라에 담는다 색을 지운다

바다가 파란 것은 아득한 날에 누군가
처음 그 말을 했기 때문이리라
바다가 검다는 사실을
암실에서 알았네

흑백으로 인화하기로 결정하니
두 개의 색이 존재하고
두 개의 언어가 존재하고

그 사이에 우리는 서로의 입술을
깨물었다 그곳을 부드럽게 애무한
언어는 몇 개의 겹을 지녔을까

태초의 언어는 색이 없는데
태평양을 건너온 무심 스님은
회색 승복을 입었다 주장자를 들더니,

쿵!
법상을 내리쳤다

목련을 떠올리게 하는
흰 피부와 바다를 연상시키는
푸른 눈에서 모국어가 사라졌다
백혈병의 색깔은 목련을 닮았다

흰 빛이 흐려졌다 짙어지는
봄날 바닷가는
죽음의 서곡처럼 침묵에 잠기고

귓가에 파아란 파도 소리가
수채화처럼 번진다, 듣고 있나요

목련이 지는 날
심장에 파란 멍이 들었고
스님 무덤에 흰 눈이 내렸네

희상 스님의 그림 세계

유연선원의 탱화에 반하다

몇 년 전 해운대 마린시티에 있는 유연선원에 지인을 따라갔었다. 그림을 전공하신 비구니 스님이 계시다는 말을 듣고 방문했다. 선프라자 건물 6층에 있는 고요가 흐르는 선원이었다. 그런데 불상 뒤에 있는 탱화가 특이했다. 전통적인 색깔의 화려한 탱화가 아니었다. 일반적인 탱화에는 불교에 등장하는 부처님, 제자들, 그리고 보살들의 형상이 섬세하게 묘사되어 있다. 유연선원의 불화는 주지이신 희상 스님이 직접 그린 것이다. 부처님을 모신 불상 뒤에 은은한 배경처럼 그려진 그림 안에 제자들의 세세한 얼굴은 보이지 않는다. 하늘에는 꽃비가 내리듯이 꽃가지들이 자유롭게 드리워져 있다.

눈, 코, 입이 보이지 않는 얼굴이 왠지 우리들 얼굴처럼 편안하게 다가왔다. 희상 스님은 탱화에 얼굴 형상을 그리지 않는 이유를 설명해주셨다. 유연선원에 오시는 분 각자가 부처님이 되실 분이라는 의미를 담은 것이라고 했다. 나는 그 부처님 가운데 한 분이 될 동행한 지인 장혜인 보살을 떠올렸다. 활달하고 솔직한 성격을 가진 그녀는 성악가를 꿈꾸는 딸을 뒷바라지하면서 틈틈이 유연선원에 열심히 봉사를 한다. 언젠가 영가들을 위한 천도재를 정성스레 준비하는 그녀를 보니 존경하는 마음이 우러나왔다.

　　희상 스님의 그림은 동양화 화법으로 그린 듯한데, 전통적인 불
화와는 차이가 나고 자유로움이 살아 있었다. 종교적 주제를 다루
면서도 은근하게 멋스러움이 풍긴다. 누구나 깨달으면 부처가 될
수 있다는 불교의 평등성을 담고 있다. 허공의 꽃들과 수행을 하는
스님들이 온전히 하나가 된 듯 조화롭다. 투박한 느낌이 나면서 묘
한 서정을 불러일으키는 희상 스님의 불화에 매료되었다.

　　희상 스님은 동국대학교 미대에서 한국화를 전공했고, 독일로
유학을 떠나 브레멘 국립조형예술대학교와 대학원에서 현대미술

설법하시는 희상 스님

과 설치미술을 전공하였다. 독일에서 전시한 고무신을 주제로 한 설치 작업은 현지에서 호평을 받았다. 한국에서도 고무신 설치 작품을 전시했는데 고무신이라는 일상적인 소재를 통해 관객들에게 인간 내면을 성찰할 수 있는 특별한 시간을 선사했다.

희상 스님은 그림을 그릴 때 고분 벽화 같은 느낌을 표현하기를 선호한다. 최근에는 포교의 일환으로 담백한 선화(禪畫)를 통해 대중과의 소통을 시도한다. 그녀는 회화와 설치미술 사이의 경계를 넘나들면서 미술 작업 역시 수행의 한 방편으로 몰두한다. 가을날에 스님을 찾아뵙고 그림에 대한 얘기를 나누며 스님의 작업 방식과 기법에 대해 물어보았다.

"작품을 제작할 때 독특한 기법 같은 게 있나요?"
"저는 고분 벽화의 그림들이 좋았어요.
 그래서 흙의 느낌이 나도록
 금이 가거나 거친 느낌을 표현하려고 황토로 밑작업을 합니다."
"흙으로 밑작업을 어떻게 하는지요?"
"나무로 짠 캔버스에 우선 흙을 여러 번 칠합니다.

그 위에 색을 여러 번 겹쳐 올립니다.

그러다 보니 제 그림은 완성하는 데 시간이 오래 걸립니다."

스님의 설명을 듣고서야 비로소 탱화에서 우러나는 은은하고 차분한 분위기가 이해되었다. 연한 색을 한번 칠하는 것보다 여러 번 겹쳐 칠하면 색이 깊어지고 편안함을 줄 수 있다고 하셨다.

"아, 그러셨군요.

화선지에 그리는 줄 알았어요.

저도 고구려 고분 벽화를 좋아합니다.

그런 정서가 서로 통하는 것 같아요."

"여러 번 겹쳐 칠하려면 시간이 많이 걸리기 때문에

수행하는 마음으로 시나브로 그림을 그리지요."

나무 합판으로 캔버스 틀을 짜고 그 위에 황토나 백토를 바른다. 마치 조선 시대 궁궐이나 사찰에 있는 토담을 보듯 마음이 푸근해진다. 자연친화적인 삶에서 풍겨 나오는 운치가 느껴지기 때문이다. 그녀의 그림은 향토적인 느낌이 우러나면서 현대적인 감수성도 느껴진다. 무엇보다 그림 속 인물이나 자연 대상들이 자유로운 존재로 다가온다. 그 무엇에 집착하거나 고통스러운 표정이 아니다. 세상에 있지만 절반은 초월한 것 같다.

"아트 페어에서 전시에 참가하면

다른 화가들의 그림은 색채가 강렬하거나 화려한데

제 그림은 차분하게 가라앉는 분위기가 풍깁니다."

"저는 마크 로스코(Mark Rothko)의 색면화도 참 좋더군요.

로스코의 밝은 색도 따스하지만

어두운 색은 내면으로 이끄는 힘이 있어서요."

"사람마다 그림을 좋아하는 취향이 다르니까요.

저는 그림을 통해 마음을 표현하는 데 초점을 둡니다."

현대미술에서 강하게 드러나는 개인의 주관성이나 표현주의와
는 차이가 난다. 희상 스님은 '중도(中道)의 삶'을 회화 속에 담고 싶
다고 했다. 불교에서 말하는 중도는 본래면목(本來面目)의 세계, 즉
부처의 경지를 말하는 것이다. 어느 한쪽으로 치우치지 않고 바른
도리를 따라 사는 삶의 자세를 그림으로 형상화한다. 그것을 완전
히 체현한 수행자가 아닐지라도 그러한 지향을 가지고 있다.

불화에 담긴 순박한 사람처럼

희상 스님은 탱화를 그리는 한편 수행자로서의 일상을 기록하
듯 밝고 화사한 색채의 선화도 그린다. 그림 속의 연꽃 아래로 걸
어가는 수도승은 장엄하거나 거룩하기보다는 편안해 보인다. 내가

좋아하는 그림은 불화에 등장하는 '비천(飛天)'을 닮은 그림이다. 신라 시대의 커다란 종에 새겨진 비천상이나 중국의 돈황 석굴에 있는 비천상을 보면 그들은 이승과 저승의 경계를 지워버린 존재 같다. 비천은 천국에서 허공을 날며 악기를 연주한다. 그들은 춤을 추면서 꽃을 뿌려 부처님을 공양하거나 찬탄하는 천인(天人)의 일종이다. 비천은 범종에 많이 등장하지만, 법당의 천장, 석등, 부도, 불단, 또는 단청의 별지화(別紙畵)에도 나타난다. 비천은 불국(佛國)의 허공을 날아다니는 모습으로 주로 묘사된다.

> 천의(天衣) 자락을 휘날리며 허공에 떠 있는 비천상은 도교 설화 속의 선녀를 연상케 하지만 비천의 조상은 원래 그렇게 아름답거나 매력적인 존재가 아니었다. 비천은 고대 인도 신화에 등장하는 건달바, 긴나라를 원형으로 한다. 건달바는 술과 고기를 먹지 않고 오직 향만을 구하여 몸을 보호하며 몸에서 향기를 발산하므로 향음신(鄕音神)으로도 불린다.*

이 같은 비천의 형상은 불교의 오랜 역사를 통해 다양한 방식으로 변주된다. 우리나라 사찰의 벽면에서 하늘하늘한 옷을 휘감고 하늘을 나는 모습을 자주 보게 된다. 희상 스님의 그림 속 인물에도 사실적인 묘사보다는 심상에서 작동하는 상상력이 투영되어 있

---

* 허균, 『불교신문』 2096호 1월 14일자.

다. 그래서 꽃이나 연잎이 인물보다 훨씬 크게 묘사되고 오히려 인
물들은 왜소하게 형상화된다. 가장 작은 것 속에 가장 큰 것이 있
다는 역설적 진리를 설파하고 있다. 불확정성의 원리처럼 이 세계
의 존재들은 끝없이 변화한다. 작은 티끌 속에 찬란한 우주가 갇혀
있을 수 있다. 시간과 공간이 서로 스며들고 이탈하기를 자유자재
로 한다.

　위의 그림에서 보듯 연못의 풍경인지 허공인지 그 배경이 모호
하고 현실과 상상의 경계가 지워진다. 그러나 그 속의 인물들은 어
찌 보면 동화 속 요정처럼 보이지만 수행자의 모습을 띠고 있다.
이러한 희상 스님의 그림은 인간과 자연 만물이 모두 부처라는 사
상에 깊이 뿌리를 둔다. 작은 꽃, 벌레, 곤충 모두가 부처라는 것이
다. 서양의 인간중심주의적인 사상이 반영된 그림들과는 차별이

되는 지점이다. 인간이 화폭의 중심에 자리를 잡고 자연은 배경으로 배치되는 서양의 고전적인 회화와 차이가 난다. 자연 속의 사람인지 비천인지 경계가 흐릿하지만 고요와 자유를 전해준다.

그리고 두 명의 수행승이 대화하는 풍경을 묘사한 그림 역시 자연에 대한 배치는 비슷한 구도를 보여준다. 수행승들 역시 비천의 인물들처럼 연잎 아래를 걸어가는 낮은 모습으로 배치되어 있다. 연잎 위에 앉은 새가 오히려 설법을 하는 듯하다. 유정설법이 아닌 무정설법의 세계를 표현한다고 볼 수 있다. 진리라는 것, 온 세계가 부처를 구현하고 있는데 눈이 어두운 인간이 그것을 듣지 못한다. 깨어나지 못한 꿈같은 삶을 살면서 그 사실을 모른다. 순간순간 부처의 진리는 피어나고 깨어나지만 눈 밝은 사자만이 알 수 있다. 언어 이전의 세계를 표현하는 구도의 한 양식이다.

화강암의 불상을 닮은 자화상

시인이나 화가는 알게 모르게 자신의 얼굴을 글이나 말로 표현한다. 자신의 내면을 토로하는 방식을 보면, 시인은 언어를 매개로 하는 반면 화가들은 그림이나 조각 등을 통해 자신을 드러낸다. 귀가 잘린 고흐의 자화상을 떠올리면 예술을 추구하는 삶이 얼마나 고독한지 느낄 수 있다. 나혜석의 무거운 표정을 담은 자화상에는 그녀의 힘든 삶이 반영되어 있다. 희상 스님의 자화상 시리즈는 화

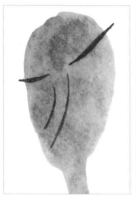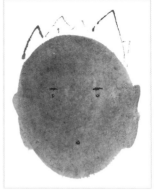

강암에 새긴 투박한 불상의 이미지와 겹쳐지는 부분이 있다. 전남 화순군에 위치한 운주사에 있는 그 무수한 불상들의 소박하고 평범한 얼굴이 떠올려진다. 삶의 애환이 깃든 민중을 닮은 불상이 금빛 찬란한 불상보다 더 큰 감동을 준다. 높고 고귀한 곳에 머무르는 존재가 아닌 슬픔과 비애를 간직한 운주사의 불상들이 보고 싶다.

불상의 이미지는 각 나라별로 차이가 난다. 불상을 조각하는 사람의 내면에 담긴 인물상이 자연스레 불상에 투영된다. 희상 스님의 자화상은 무채색으로 표현되어 있다. 그러나 그 얼굴 표정이 간결한데 여러 가지 감정이 함축적으로 담겨 있다. 인간이 경험하는 다양한 정동들을 드러낸다. 기쁨과 분노, 때로는 슬프고 냉담한 모습에 이르기까지 다양하다. 부처의 본성은 평등할 것인데, 왜 이토록 감정의 색깔은 다른 것일까. 상황에 따라 감정의 결이 달라지는 것을 포착하여 형상화시킨다. 투박하면서 은근한 맛이 있는 화강

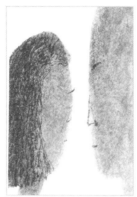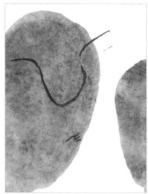

암의 질감이 살아 있다.

한편 자화상 시리즈에 이어 관계성에 대한 사유를 드러내는 그림도 있다. 눈과 코와 입술을 극도로 단순화한 형태인데도 감정의 선이 드러난다. 삶이란 것이 결코 혼자 살아갈 수 없는 것이다. '중생이 없으면 부처도 없다'라는 말처럼, 성과 속, 해탈과 집착이 별개의 것이 아니라는 암시이기도 하다. 한국화를 전공한 스님이 독일로 유학을 떠난 이유가 궁금했다.

"스님, 현대미술을 전공하셨는데
　독일로 유학을 떠난 특별한 이유가 있는지요?"
"독일은 철학이 발달한 나라이고
　제 그림의 내용을 심화시키고 싶었어요.
　중국, 미국, 프랑스에 가보았는데
　중국은 고전적인 회화 위주로 묘사에 치중하는 편이었어요.

미국은 왠지 정돈이 안 되어진 느낌을 받았어요.

독일에 가니 힘든 부분도 있었지만

철학하는 분위기가 저와 맞았어요."

"독일 표현주의의 영향도 받으셨나요?"

"그런 측면도 있을 수 있겠지요.

불교의 마음을 보는 것과

마음을 표현하는 것은 연관이 있지요."

희상 스님은 초기에 추상적인 그림을 많이 그렸다. 대나무 숲을 추상화 기법으로 표현한 적도 있고 독일의 표현주의 미술에도 관심이 많았다. 무엇보다도 도자기로 유명한 드레스덴에 있는 국립 조형 예술 대학에 계신 교수의 그림에 매혹된 탓도 컸다. 아마 독일과 인연이 있었을 것이라 짐작된다. 이 세상의 사소한 스침도 사실은 그냥 우연히 일어나는 것이 아니기 때문이다. 불교의 마음과 그것을 표현하는 예술 사이의 관계에서 새로운 기법을 찾는 여정은 스님의 설치미술 작업으로 이어진다.

고무신 설치 작업

희상 스님은 독일 브레멘 대학에서 현대 미술을 전공하면서 절

에서 신는 고무신을 수집하여 독특한 설치미술전을 열었다. 도반 스님에게 부탁하여 절에서 신다가 떨어진 고무신들을 수집하여, 그 안에 흙을 담고 씨앗을 심었다. 그 씨앗에서 새싹이 자라나는 모습들을 설치미술작품으로 전시했다. 한편으로 고무신을 석고로 본을 떠서 그것에 금강경을 새기는 작업도 했다.

천장에서 바닥까지 거대한 등처럼 진열된 고무신은 독일인들에게 아주 낯선 대상이어서 호기심을 불러 일으켰다. 고무신은 부처님의 수행을 상징한다. 구도자는 끊임없이 길을 떠나는 자이다. 그 과정에서 고무신은 닳게 된다. 먼저 길을 떠난 자도 있고 앞으로 걸어올 자도 있다. 헌 고무신에 남은 흔적은 고스란히 신발 주인의 삶을 담고 있다. 그리고 편리를 추구하는 현대사회의 삶과는 대척되는 지점에 고무신이 놓여 있다. 공기가 안 통하고 바닥도 얇아

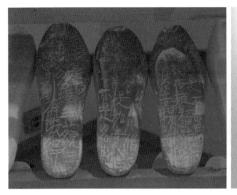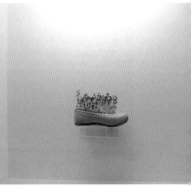

부처님의 고행과 연결이 된다. 수도자가 된다는 것은 편안함을 추구하는 길이 아니다. 고무신에 씨앗을 심어 싹을 틔운 것은 내면의 빛을 찾아가는 여정을 보여주려고 한 것이다. 현대의 독일인들은 목사나 신부 혹은 스님을 섬기는 삶보다는 자신의 내면 수행에 훨씬 더 관심을 가진다. 부처를 숭배하거나 하느님을 공경하는 태도보다는 자신의 삶 안에서 진리를 구현하는 것을 중요시 여긴다.

프랑스 사람들도 수행이나 명상에 관심이 많아 틱낫한 스님의 플럼빌리지에 다녀오는 사람들이 아주 많다. 현재 유럽에서는 불교의 명상이나 참선에 대한 관심이 점점 증가되고 있다. 앞으로는 수도자뿐만 아니라 일반인도 자기 안의 부처를 찾는 것에 깊은 열정을 가지게 될 것이다. 프랑스의 가톨릭 신자들도 내면의 빛을 찾아가는 여정을 추구한다. 종교적 편견이나 아집을 갖기보다는 보다 개방된 마음으로 내면의 행복을 찾아가는 것이다. 물질주의로 치달은 현대사회가 가진 불안을 명상이나 기도를 통해 극복하려는 움직임이 많다.

회화나 조각과 달리 설치미술은 미술관에서 독특한 미적 인식을 관객에게 제공한다. 세계를 낯설게 바라보는 안목과 함께 새로운 감각을 일깨운다. 나는 설치미술 전시도 즐겨 보는데 문득 아쉬운 생각이 들었다. 설치한 작품이 박물관이나 미술관에 보존이 잘 되면 좋은데 그렇지 않은 경우가 많다. 그 작품들을 장기적으로 전시할 공간이 부족하기 때문이다. 설치미술이 갖는 일회성이 예술의 본질임을 알면서도 전시가 마치면 사라져버리는 것이 안타깝다.

"스님, 설치미술 전시를 마치고 나면 혹시 허탈하지는 않나요?"
"사실 설치를 마치고 해체를 하면
　모든 것이 짐이 되지요. 보존도 어려워요.
　작가의 아이디어와 고뇌의 산물인데 판매도 잘 되지 않아요."
"저도 그게 참 안타깝더군요.
　작품이 반드시 돈으로 연결되는 것은 아니지만
　화가도 작업을 하며 생계를 유지해야 되잖아요."
"그럴 때 저는 부처님의 말씀을 떠올립니다.
　무엇인가 생겨나면 멸하게 마련이지요.
　형상을 갖춘 것은 결국 사라지니
　놓아버리는 연습을 하는 겁니다."

희상 스님은 설치 작업을 할 경우에 미술 작품이 투자의 가치나 부의 상징이 되는 것보다는 순수성을 지켜야 한다는 마음으로 작업에 임한다.

"회화는 색을 칠하면 실제로 보이는데
설치미술 작품은
고민과 체험을 통해 나오게 됩니다.
구상을 하고 밑 작업을 한 후에 형상화로 나아갑니다.

작업하는 과정을 좋아하고,
내 안에 있는 부처님의 씨앗을 키워나가고
관객들이 마음으로 느끼는 행복에 보람을 느낍니다."

희상 스님은 설치미술 작품을 통해 관객들이 부처의 마음자리를 은은히 체험하는 것도 의미 있는 일이라고 말한다. 그것이 돈을 버는 일로 연결이 안 될지라도 충분히 의미가 있다. 그녀가 하는 예술 행위 자체가 수행이기 때문이다.

그녀는 고무신이라는 아주 평범한 사물을 통해 삶을 통찰하는 시선을 제시한다. 아주 낮은 위치의 사람도 자신의 일상에서 파릇한 새싹을 돋게 할 수 있다. 그러면서 계단을 올라가는 무수한 발자국처럼 도를 구하는 일 역시 홀로 하는 행위가 아니라 주변의 이웃들과 함께 조화를 이루어야 함을 자각한다.

"제게는 미술 활동이 불법을 전하는 행위의 연속이지요.
  내 안의 작은 움직임이 감상자들에게 보다 쉽게 전달되기를 바
랍니다."

"스님은 유연선원을 운영하시면서
  작업을 병행하는 것이 어렵지 않으신지요?"
"유연선원에서도 부처님께 의지하고
  제 자신의 마음을 보려고 합니다.
  마음을 들여다보면 원인이 저에게 있음을 알아채고
  그것을 어루만지고 성찰하려고 합니다."

희상 스님은 고통스러워도 마음을 보고, 좋아도 마음을 보게 하
려고 그림을 그린다. 직접적으로 진리를 설파하기보다는 고요한
곳에서 자신의 마음을 만나는 기회를 주고자 한다. 어차피 인생에
정해진 답은 없다. 잔디밭에 덩그러니 놓여 있는 설치 작품으로서
의 의자는 앉을 수 없지만 그 어떤 근원처럼 놓여 있다. 그 의자는
고요한 곳에서 나를 만나는 체험을 유도한다. "이 뭣고?" 화두처럼
자신의 근원적인 소리를 찾아가는 여정이 예술의 길이고 수행이
다. 가장 중요한 것은 현재 이 순간에 온전히 깨어 있는 것이다. 바
로 눈앞에 있는 사람과 함께 이 순간을 가장 충만하게 누리는 것이
다. 비난이나 칭찬은 모두 스쳐가는 것일 뿐이다.

"왜 수행자가 되었는지 궁금합니다."

"제가 어릴 때부터 스님이 될 거라고 말하곤 했어요.
　스님이 좋아 보였던 것 같습니다."

희상 스님은 1963년 전주에서 불교를 믿는 집안에서 태어났다. 해인사로 출가하였고 은사는 정원스님이다. 스님에게 가장 큰 영향을 주신 분은 혜암 큰스님이신데 힘들 때 심리적으로 많이 의지하였다. 무엇보다 혜암 스님의 겸손한 삶의 자세에 깊은 감화를 받았다.

"앞으로 스님의 그림은 어느 방향으로 나아가실 계획인가요?"

"독일에서는 추상화를 추구했어요.
　대숲의 잎사귀를 그리면서 색채가 겹치는 것에 주목을 했어요.
　흰색, 검은색, 먹의 느낌을 살리려 했지요.
　그런데 한국에 돌아오니 구상화로 자연스럽게 변하네요.
　조건이나 상황에 따라 그림이 변하는 것 같습니다."

희상 스님은 추상에서 시작하여 설치미술을 거쳐 비구상회화에 관심을 기울여왔다. 최근에는 유연선원을 연 후에 대중과 소통하고픈 생각이 들어 선화를 그린다. 현대인의 마음에 위로와 평안을 주고 싶은 마음을 갖다 보니 그림이 부드럽고 화사한 색채로 구성된다. 한국화는 붓으로 농담 조절을 하면서 그린다. 몇몇 제자들에

이미
충분 합니다

게 선화를 교육시키는데, 선화를 그리게 하면 그리는 과정에서 마음을 보게 된다. 맑은 그림이 나오기도 하고 웅장한 선이 나오기도 한다. 그림을 그리면서 자연스레 마음을 꺼내게 된다. 제자들에게 마음 수련의 일환으로서 선화를 지도하고 있다.

흰 화선지에 아주 간결하게 그린 선화와 붓글씨는 단순한 아름다움을 보여준다. 이 세상에서 일어나는 일은 좋은 것이든 나쁜 것이든 결국 사라진다. 생멸을 반복한다. 파도가 수시로 일어나지만 잔잔해지듯 우리의 삶도 그렇다. 우리가 마주친 어려움이나 고난 역시 받아들이는 연습을 통해 적극적으로 수용하면 조금 있으면 사라진다. 일어나고 사라지는 것을 순간순간 볼 줄 알면 다가오는 모든 것을 수용할 수 있다. 억지로 무엇인가를 하기보다는 순리에 맡기는 자세를 체화시킬 필요가 있다. 그러다 보면 이 세상 그대로 열반임을 자각할 수 있다. 내 마음 안에 있는 모든 것이 부처이고 영원임을 알아차릴 것이다.